¿Te acuerdas, Julia?

¿Te acuerdas, Julia?
© 2013, Guillermo Samperio
© De esta edición:
    Santillana Ediciones Generales, S. A. de C. V., 2012
    Av. Río Mixcoac 274, Col. Acacias
    México, 03240, D.F. Teléfono 5420 7530
    www.alfaguara.com/mx

ISBN: 978-607-11-2500-2

Primera edición: febrero de 2013

© Cubierta: Agustín Santoyo, del díptico
Árbol genealógico de una típica familia mexicana

Impreso en México

PRISA EDICIONES

Guillermo Samperio

¿Te acuerdas, Julia?

A Julia, q.e.p.d.

1. Los focos

madison

en el número uno de la calle madison habita el número tres de la pandilla más importante de la zona y en el número cinco vive el profesor de física del high school de la zona norte y es el que tiene menos reprobados en su récord y en el número siete planta alta habita una señora en extremo gorda quien cuida a su marido excombatiente de dos guerras en las que perdió el brazo izquierdo y la pierna izquierda además del ojo derecho padeciendo permanente gastritis además de que no se le da gana al hombre hablar luego de que perdieron la segunda guerra que no era mundial y en el once de madison vive una familia numerosa de negroides a los cuales es difícil distinguir excepto al padre por las canas y a la madre debido a la gordura inmensa y a uno de los medianos que salió chocolate con fresa y nadie sabe de qué vive tal familia y en el catorce vive una enfermera en extremo delgada de piel más blanca que el blanco de tal suerte que se le distingue hasta la más finísima vena azulosa además de una estatura mayor a la de los basquetbolistas más altos de la liga de madison y más allá en el número ciento nueve vive un hombre de no poca obesidad la cual viste con trajes de variados colores a rayas de diverso ancho y se ve que tiene muchos sombreros y corbatas que en madison han apostado con el fin de verle una corbata distinta y siempre pierden lo mismo que con los zapatos y el hombre de los muchos sombreros sale en especial por las noches y en madison todo mundo sabe que regresará al amanecer acompañado de una fastuosa dama pero nadie los ha visto salir a pesar de la gran cantidad de apuestas a lo larguísimo de madison y en el treinta y siete vive un señor que nunca nadie ha visto salir o entrar pero madison sabe que sí vive allí en tanto que el cartero ha confirmado que recibe

correspondencia poca pero la recibe y el funcionario postal se
ha negado a dar su nombre debido a que lo pueden multar y
en el ochenta de madison vive una señora de complexión mediana y estatura mediana que debe tener alrededor de cincuenta gatos lo que ha provocado que el setenta y ocho y el ochenta
dos de madison permanezcan casi deshabitados por obvias ra-
zones y lo que sí puede comprobarse es que cada vez que se le
muere un gato la señora de madison ochenta lo vela y lo lleva
en una pequeña camioneta negra como de vendedor de gelati-
nas al cementerio de animales de madison en el que se encuentran también perros, zorros, cerdos, ardillas, castores regordetes
con dos dientes de fuera, boas, marsupiales, peces espada a los
cuales son adictos no pocos habitantes del nororiente de madison, o el águila pelona ocupando numerosos nichos en el panteón de animales de madison y hacia el norte como a cinco
cuadras viven en la esquina cuatro amigos que intimaron de
casualidad y como la casa de la esquina fue abandonada luego
del último temblor y nadie se ha dado a la tarea de arreglarla
aunque sus escaleras que dan a la calle se encuentran intactas y
allí los cuatro amigos han hecho su casa habitación si es que
unos escalones pueden serlo sin techo ni paredes y el problema
de los cuatro amigos es que cuando la policía anda de malas los
recoge y se los lleva tras barrotes aunque la policía misma sabe
bien que no puede detenerlos si no han cometido ningún deli-
to y pedir limosna y recoger colillas y conseguir cartones y papeles para guarecerse sólo los amigos saben en qué sitios teniendo la estrategia de no tocar ni de casualidad el agua para su
limpieza personal ya que la mugre que con el tiempo se va
convirtiendo en costra es una perfecta protección para el invierno y los vientos alisios y los cuatro amigos son muy cuidadosos
con los demás ciudadanos ya que no piden nada sino que insi-
núan e insinuar no incomoda a nadie desde el punto de vista
moral sobre todo cuando en madison las personas en general
son muy especiales sin decir que sean de otro mundo y por
cierto en la casa de los escalones donde viven los cuatro amigos
vivió una familia de albinos excepto el padre de cabello y cejas
y pestañas y bigote castaños por lo que en madison se decía que

la mujer heredó a los hijos ese color blancuzco como de pelo de elote de los retoños pero además se hablaba que pertenecían a una religión extraña que según parecía llegó de Finlandia pero sólo unos pocos de madison se fijaban en el asunto de tal doctrina ya que a lo largo y ancho de madison se practicarán tan sólo unos sesenta y tres dogmas pero alejándonos de las escaleras de los asentabundos ya que no les se puede llamar vagabundos debido a que se encuentran asentados en sus escalones hace no pocos años y cruzando la calle se encuentra un expendio de cigarros y distintos tipos de encendedores además de una serie de aparatos de vidrio ondulantes y mangueras para fumar un tipo especial de tabaco árabe que allí mismo expende un señor iraní que trae su turbante y un denso bigote pero el problema del señor del turbante es que media cuadra más adelante enfrente se encuentra una tienda superdotada con lo mismo del iraní más otras y variadas cosas excepto los aparatos de vidrio ondulantes lo cual hace que la venta más alta recaiga en este luminoso y congelante expendio y aunque cada quien en madison tiene un dios distinto hay un acuerdo tajante respecto a que la familia es un estorbo y el tiempo es dinero además de que el trabajo justifica cualquier sacrificio y ya hacia el fondo de la calle hay tres tiendas que venden disfraces y pelucas para el teatro las cuales se hacen una competencia terrible aunque en madison no les importa y no pocas pelucas son para el teatro de la vida cotidiana además de que los animales son más valiosos que los humanos

tres águilas

desde que se cambiaron enfrente del bosque arturo dedica momentos del día para ver los árboles enormes y los sucesos que se llevan a cabo como el de un zorro que devora una rata o un tejón además de las aves rojas sepias grises y de otros colores que de pronto se instalan por allí pero llegó un momento en que arturo invertía mucho más tiempo del debido para observar la vida compleja del bosque y su esposa empezó a reclamarle que le importaran más los zorros y los zanates que ella pero arturo le daba dos besos cariñosos e intensos en los labios y ella se calmaba mientras se iba a su estudio arturo descubrió un águila real proveniente del sur con sus alas inmensas y su cuerpo majestuoso y arturo quiso suponer que el gran ave daría vuelta hacia donde se hundía la sierra pero ella siguió aleteando hacia la ventana donde él la veía y escuchó muy bien ese ruido áspero pero armonioso de las enormes alas del águila real tan blanca como siempre la había visto en su enciclopedia animal mas supo que en el instante en que se vieron a los ojos la sabiduría del águila había pasado a la mente de arturo y la de éste a la de la ave como esas veces en que uno ve a una persona por descuido a los ojos y el cuerpo todo se cimbra y sabe que ha surgido una ligazón imperecedera con tal persona y arturo percibió hondo el vuelo de las inmensidades así como las eras de las que había venido la estirpe del águila real y otros antepasados más y el sonido de sus voces las de ahora y las más recónditas y sin darse cuenta arturo se puso en pie en el borde de la ventana movió los brazos con la misma cadencia del águila real y se lanzó a la inmensidad mientras su esposa veía un águila enorme detenida en la ventana en la que había estado su esposo y de súbito la vio irse y ella se acercó para mirarla y descubrió que eran dos las águilas que cobraron gran altura aleteando hacia lo más alto de la arboleda y en el borde de las copas de los árboles donde ella apenas alcanzaba a distinguirlas y allí se extraviaron mientras ella sintió tal vértigo de placer que deseó de inmediato unas alas como aquellas y empezó a sentir una excitación nueva en los brazos y unas poderosas ganas de subirse al borde de la ventana y utilizó la misma silla que arturo había usado y se puso en pie en el borde la ventana y empezó a mover los brazos mientras su delantal banderineaba ante el viento que se acercó hacia la mujer

La ducha de Eréndira

Eréndira, una mujer de unos cuarenta y cinco años y un tanto obesa, pero eso sí de prematuros senos caídos, entró al baño a darse un regaderazo; hubiera querido bañarse con meticulosidad, ya que asistiría a un té canasta con las amigas de siempre, pero la siesta se le alargó y soñó que iban repavimentando su calle. Veía obreros ir venir y una máquina con una gran rueda metálica que aplastaba las piedritas revueltas con chapopote y, por lo menos, el pavimento al frente de su casa, que no era pequeña, quedaba planito, planito, lo cual le agradó.

Tal vez porque Eréndira esperó a que terminaran de pavimentar toda la calle fue que se le alargó la siesta. El caso es que entró al baño, como siempre, con sus tres enormes toallas, aunque pensó que un regaderazo sólo le ocuparía una. Bueno, pues, ni modo, se dijo. Abrió la regadera y sintió que revivía. De súbito, empezó a notar que el agua empezaba a salir grisácea y pensó que Fermín, el componelotodo de la casa, no había aseado los tinacos como ella se lo había ordenado.

El líquido empezó a oscurecerse poco a poco hasta que semejó tinta china; de pronto se hizo más denso, casi como chapopote. Sin embargo todavía se adensó mucho más como si fuera cemento coloreado de negro. Cuando Eréndira se quiso salir de la regadera sintió que no podía mover la pierna izquierda; bajó la cabeza con dificultad y vio que la pierna estaba dentro de un bloque de cemento negro. Miró su otra pierna y el inicio de otro bloque la tenía sujeta hasta el tobillo.

Con una dificultad de los mil demonios, con la mano izquierda logró cerrar las llaves de la regadera, pues la mano derecha la tenía adherida a dos de sus llantas con su buena dosis de cemento oscuro. Quiso gritar, pero también sus labios se encontraban encementados. Pensó que sería la primera vez que faltaría al té canasta y que sus supuestas amigas se la iban a comer viva. Y luego nada más pensaba con odio en el componelotodo; en cuanto apareciera en el baño lo iba a poner pinto, pero recordó que no podía hablar.

Al verse así, pensó en una escultura, pero se lamentó de no haberse encementado quince años atrás, por lo menos.

Los focos

Ya en la noche, cuando los focos están apagados y se instala un largo silencio, es cuando ellos piensan mejor. Piensan en la luna llena, las luciérnagas, los arbotantes, en los focos fundidos, en las lámparas de mano de los veladores, en el brillo de los ojos de las mujeres que están de pie en las esquinas, en el foco que se enciende sobre las cabezas de los científicos, los poetas o los filósofos, cuando les viene una idea estupenda, en el centelleo de los charcos después de la lluvia, o en otros focos apagados.

Los focos de las lámparas apagadas piensan en los escotes de las mujeres cuando hay fiesta en la casona, en los fuegos leves que se generan en los muslos femeninos que llevan medias negras y tienen la pierna cruzada, en los fistoles prudentes de los caballeros y hasta en sus hebillas, aunque sean un tanto toscas, en los ojos chispeantes de damas y cortesanos cuando la fuerza alcohólica ha subido los grados legales del alcoholímetro, el fulgor erótico en los labios de las mujeres cuando salen a la terraza y segundos después los hombres que van tras ellas con un haz en la frente sudorosa, en las luces leves de las velas que la señora de la casa hunde en pequeños panes de chocolate, canela, mamey o frambuesa, en los súbitos y cambiantes relumbres de la ponchera y del mismo cucharón mientras vierte la bebida alcohólica compuesta de liquido de peras jugosas, ciruelas trituradas y jugo de toronjas, además del coñac añadido al último.

Los focos apagados de las habitaciones de la servidumbre, del estacionamiento y del área de planchado, piensan en las luciérnagas puestas en el centro de la mirada del zorro entre los manzanares, en los cuartos pequeños y humildes de los veladores, en las calles solitarias en las orillas de la ciudad o del pueblo donde un foco antiguo, amarilloso, alumbra apenas su lado breve de la calle con la desvariada idea de que aluza todo el barrio, en el breve fuego súbito de puñales que, al fondo del callejón real, entre sombras de cuerpos, alumbra un alma que se desprende; en las combustiones que configuran dibujos de ida y vuelta "o en giros inesperados" hasta que alguno se apaga y el otro se disipa tambaleante y una muchacha imagina que son señales de la yerbera, en las lámparas de petróleo de los hombres que andan por el monte a la caza de liebres y conejos que se paralizan en cuanto la luz les cae encima y luego se ve una pequeña estrella que explota y derriba al animal, cuyas largas orejas se vuelven flácidas lo mismo que sus cuerpos, en el aluzamiento de la breve casa de dos aguas donde la penumbra provoca que sus habitantes platiquen en voz baja o hagan el amor en un grito contenido con el fin de que las crías no se den cuenta de un cuerpo metido en otro, a pesar de que tales crías escuchen los leves movimientos, los gemidos suaves y los últimos respiros un poco más fuertes y luego un silencio hondo que habla más que los cuerpos incrustados, o el sonido del río que no ha cesado de pujar y decir palabras de amor rumorosas ni ha dejado de moverse ni de fluir con nuevas aguas que no volverán a pasar por ese pueblo.

Hay uno que otro foco apagado que no piensan en nada o que sus palabras son más oscuras que su entorno negro y que apenas logran cavilar en el momento en que al fin se liberen de esta servidumbre vil de estar alumbrando para qué y para nada, piensan, cuando no les queda otra opción en la inutilidad de alumbrar y de encontrarse colgados como si estuvieran en la horca o les fuera a caer, de un momento a otro, la guillotina, eso, prefieren estar apagados, gozan el sufrimiento de la plena oscuridad que los rodea, les vienen a la mente los cadáveres que van cayendo en las calles citadinas, los decapitados, los hechos trozos, o de los hombres y mujeres que se tiran desde la azotea de un edificio y el golpe que generan suena como si un carro se estrellara contra otro, en el estallamiento de las vísceras, o en los presos que se ahorcan con un cinturón o que los asfixian con un alambre en su celda, en los zapatos tristes que cuelgan de los cables que atraviesan las calles de poste a poste, en la multitud de murciélagos que habitan la nocturnidad de la ciudad y la cruzan de un lado a otro en busca de alimento, piensan en la edad media en que hubieran preferido ser antorchas y un día ser usados para incendiar un cerro de cuerpos humanos caídos en manos de la peste o para alumbrar una estupenda violación, un rapto, un asesinato con espadín a espaldas de la víctima o al traidor o a la infiel, participar en las fiestas báquicas y dionisiacas, incendiar uno de los barcos que estuvieron en la costa ante el fortín de Troya o, a la inversa, alumbrar la morada del invencible y prepotente Aquiles en tanto este, solitario, tocaba la cítara, rumiando su odio contra Agamenón, o todavía más: haber sido el fuego inútil que Paris llevaba en el pecho al raptar a Helena.

la sociedad rectángulo

en el rectángulo de la vida en que me he desenvuelto he existido sin mayores preocupaciones porque desde temprana edad pude darme cuenta de que la existencia me era de forma ineludible rectangular y sé muy bien que hay excepciones pero que de cualquier manera se someten a la rectangularidad por ejemplo cuando debido a una labor de la oficina me mandan a un hotel de alta calidad y me otorgan una cama cuadrada que abarca un poco más de la mitad de la habitación rectangular y me entran unas ganas inmensas de echarme un clavado sobre ella como si fuera una alberca cuadrangular y es inevitable que a uno le surjan ganas de dormir a lo largo y ancho de aquella cama de cuadrángulo casi espectacular y cuando llega el momento del dormir nocturnal quisiera convertirme en uno de esos dibujos animados que son un enorme trozo de cuadrado queso fundido con piernas y brazos y cabeza y toda la cosa para descansar cuadrangularmente pero en cuanto me estoy vistiendo la pijama luego de un leve regaderazo rectangular llego a la conclusión de que de manera inevitable tendré que dormir de forma rectangular y que los proyectistas de las habitaciones de camas cuadradas han hecho una labor sutil para que uno se deprima lo menos posible al darse cuenta del inevitable doble rectángulo en que está construida la cama cuadrada y que deberé elegir cualquiera de los rectángulos para dormir y entonces uno mira hacia el sitio donde se encuentra el teléfono sobre un hermoso y aerodinámico buró de muchos rectángulos que además ofrece una revista rectangular con información de la ciudad rectangular además de un tarjetón rectangular que nos habla de los servicios rectangulares que otorga el gran hotel rectangular y los horarios rectangulares en que

uno puede desayunar comer y cenar además de un rectangular
sobre discreto que la camarera ha recargado contra una almohada rectangular donde uno deberá depositar una propina con
billetes rectangulares que sacará de su rectangular cartera pero
llega el momento en que me voy uno que otro día de tal sitio
con falsas camas cuadradas y abordo un auto rectangular que
me llevará al aeropuerto donde cargando mi portafolios rectangular tendré que subirme en un avión de formas a lo rectángulo disfrazado con curvas y alas por fuera y llegaré a mi
asiento rectángulo de respaldo rectangular y el avión empeza-
rá a volar por el cielo rectangular y me iré quedando dormido
contra mi almohadita de rectángulo recordando que al entrar
en mi casa me esperará mi esposa adorada con forma de refrigerador vestida como es su costumbre toda de blanco con su
frutero en la cabeza y agarraré yo su vertical manija alargada
abriéndole la puerta para sacar una cerveza mi queso gruyere
y mis aceitunas y al cerrarla darle un beso tronado que nos
saque chispas y haga que la luz del hogar disminuya un poco
por ese chispazo que se dispersa en rayas lumínicas muy delgadas pero al fin y al cabo rectangulares

Un gran pueblo y sus trenes

Debido al crecimiento del pueblo Villaseñor, ha requerido de un tren, según sus autoridades, apoyadas en masa por la población; pero el gobierno central no les ha hecho el debido caso, según dicen aquí, a la trayectoria del poblado. Su nombre completo es Terencio Villaseñor, enclavado en una de las más profundas hondonadas del Bajío. Terencio Villaseñor fue un acólito que, a los 14 años, se unió, al grito de Viva Cristo Rey, a las fuerzas armadas de la región, por ahí de 1928, que iban a combatir a los bárbaros del norte como Calles y Obregón y otros asesinos de sacerdotes y religiosos.

Con su gavilla de cristeros, Terencio fue atrapado en una cañada; lo torturaron varios días y, ya sin uñas y la lengua cercenada, 35 fusileros lo tronaron; entre la soldadesca sin grado alguno se jugaron el tiro de gracia. Ganó un rubio que no sabía siquiera el a-b-c y descargó, sobre la sien de Villaseñor, toda su pistola. Los gritos y los chiflidos retumbaron en la cañada como zopilotes en fiesta grande. El fusilamiento masivo y la manera en que el analfabeto soldado raso se ganó la descarga de gracia no tenían otro propósito que escarmentar a los chamacos, dizque acólitos, metidos en armas eclesiales.

Así que el tal Terencio Villaseñor se convirtió en héroe de su terruño, que entonces era sólo un caserío que fue creciendo poco a poquito hasta volverse pueblo grande. Este pueblo se ha hecho enorme, en especial por sus iglesias y su gran cantidad de acólitos, además, en consecuencia, por la fabricación de objetos de orden religioso, desde velas comunes hasta cirios de especial orfebrería, misales, velos y el ropaje necesario para las beatas de Villaseñor, que son todas sus mujeres, pues desde niñas, antes de instruirse en el a-b-c, se aprenden de memoria el misal, aunque no ha faltado alguna mancebilla que juegue con la cola del diablo.

Las autoridades y los fabricantes del lugar se han dado cuenta de que llega mucho fuereño a la compra y a llevarse a chiquillos como acólitos de pie y de confianza, que le sepan bien a la rezandeada, debido a la negligencia de los que corretean en sus pueblos. Acordaron, pues, que necesitaban un tren para que asimismo ellos llevaran sus mercaderías a otras partes del país y en especial a las del Bajío, y si los del norte, sus ya antiguos enemigos, también les compraban y aceptaban a los acólitos (para eso las madres tenían la obligación de parir a más de la media docena; las iglesias se encargaban de su educación y de convertirlos en perfectos acólitos, además con la idea de que llegaran a ser sacerdotes con ideales cristeros de avanzada); así, pues, si los del norte querían cosas para ir a las iglesias y acólitos bien preparados, trabajadores e inteligentes, pues había que conquistarlos, esta vez por las buenas, pero era necesario que estuvieran bien capacitados por si luego querían por las malas. Hacia el sur del país ya se habían ido extendiendo sin gran dificultad, pues por allá abundan los rezanderos; sólo había que quitarles las malas costumbres de la bebida y los puteros. Así, pues, en Villaseñor había más iglesias que en Puebla de los Ángeles y en un territorio dos tercios menor que aquella capital. El argumento que esgrime el gobierno central para no otorgarle un tren, en definitiva, a Villaseñor es que este poblado o ciudad (en el Centro no saben cómo denominarlo) no cuenta con vías de ferrocarril y, además, se encuentra encajado en un valle de sinuosos montes y montañas. En esta medida, tanto las autoridades municipales de Villaseñor como los pobladores en su conjunto, apoyados en principio por fabricantes y negociantes, a la cabeza de la presidenta municipal Pilar Eulalia Mena Villaseñor, decidieron entrar en arreglos directos con Japón y ellos mismos se han financiado su tren, en el entendido de que el ferrocarril sería aéreo, es decir de los que vuelan por encimita del piso, y que aterrizaría entre el poblado y el pinar Pío Marroquín (un clérigo ajusticiado en 1928), donde se hace un huecote horizontal de terracería roja.

Mañana, 14 de abril, aniversario del héroe Terencio Villaseñor, arribará el primer tren volador, el cual no necesita vías, ya que contiene, según explicaron los nipones, energía antigravitacional, como ya es conocido en el mundo entero, de tal suerte que el tren podrá viajar a cualquier sitio de la República, aunque el gobierno federal ya ande desmontando las vías instaladas por don Porfirio Díaz antes de la traición de que fuera objeto.

Los villaseñorenses han elegido, en principio, recorrer las principales rutas del Bajío, siendo su terminal estratégica la ciudad de Guanajuato para, desde ahí, recorrer los puntos cardinales del estado de Jalisco. En su segunda etapa (en lo que llega el otro ferrocarril) cubrirán Michoacán y buena parte del sur de la República, la más necesitada de acólitos, novicios sacerdotes y sacristanes (que de todo hay para exportar en Villaseñor y estamos urgidos), además de los productos convenientes, desde velas y cirios hasta velos, ropajes religiosos para damas y varones, incluyendo esculturas, pinturas, cuadros e impresos, donde no faltarán los libros con dibujos de acólitos serios y, sobre todo, juguetones, llevándose un racimo de uvas de las que acaban de llegar para que los clérigos que preparan vino de consagrar, o subidos en una tabla como en el juego del sube-y-baja donde uno de los acólitos caerá en una breve tina de madera con los sobrantes del vino, o en la escena en que, mientras almuerzan los eclesiásticos, los muchachos de blanco y rojo lanzan un gato en medio de la mesa; en fin, imágenes del acólito juguetón que, en realidad, va adiestrado a la manera de nuestros viejos cristeros para ganarse a la población donde lleguen (no en vano las señoras villaseñorenses se la pasan embarazadas el mayor tiempo de su vida), pues por algo existe el dicho de que "el mundo da vueltas". O sea, los Calles ya estuvieron una vez arriba, ahora les toca estar abajo: así de sencillo, como la sabiduría popular.

A propósito de esta sabiduría, no hay que olvidar que en el funeral del héroe León Toral, quien atentó contra la vida de Álvaro Obregón, "El Manco de Celaya", con supuestos tres balazos, la población de la Ciudad de México y la de los que llegaron de otros lados circundantes, se volcaron en las calles para acompañar el féretro del artista (dibujante) Toral, mientras que cuando se llevaron a cabo las exequias del Manco, las esquinas estaban ralas y la mayoría de las personas que vieron pasar ese féretro del típico antihéroe reeleccionista eran, en su gran mayoría, burócratas, mandados por sus jefes del Gobierno Central a hacer acto de presencia; se podría decir que los que en verdad llegaron por su propio pie fueron sus familiares y un puñado de amigos. Ya desde entonces se hablaba de las "cuatro horas ciegas" en que no se supo dónde tuvieron a Obregón después de recogerlo del restaurante La Bombilla y luego corría el chiste en el que una persona a otra le preguntaba: ¿Sabe usted quién mató al general Obregón?; y el otro respondía: ¡Calles-e usted!

Volviendo a la exportación de productos y acólitos (o sea eclesiales de diverso rango); los villaseñorenses dicen acólitos, en general, para ahorrarse explicaciones, como la de el envío de eclesiales de distinta talla hacia aquellos terruños donde los cristeros fueron acribillados por las supuestas "fuerzas vivas de la Nación" las cuales, en realidad, no fueron otra cosa que las fuerzas de la Muerte.

Por último, estos ferrocarriles japoneses tan modernos, pues ya no echan humo, lo cual inquietó a la población y a las mismas autoridades; pero los nipones se han comprometido a instalarles dispositivos para que humeen de a mentiritas adonde quiera que vayan.

por Refugio Mena Jr.,
corresponsal de *El acólito activo*

El caso del Hotel Central

I

Tras la puerta del gerente del hotel se escuchaba la voz, a veces potente y a momentos aguda, del señor Ítalo Salvattori, ortopedista e inventor ultramoderno, como se autonombraba. El cristal esmerilado temblaba, pues parecía que Salvattori también manoteaba según las sombras que veía parte del personal del establecimiento. De pronto, se abrió la bien cuidada puerta de caoba: apareció un hombre vestido de traje de lino crema y una corbata de hojas verde seco con fondo café y un bigotillo que terminaba en curvas discretas hacia arriba; tras él, emergió un hombre alto, de pelo escaso, chaleco guinda con leontina, mejillas enrojecidas. El de traje crema se detuvo, dio media vuelta, levantó la cara y, para que todos escucharan, le dijo al hombre alto de escaso pelo:

—Exijo mis manos para mañana, a más tardar al mediodía.

O sea que el gerente tenía unas catorce horas para cumplir la exigencia de Ítalo Salvattori, ya que en ese momento las diez de la noche se montaban sobre casas y edificios de aquella enorme ciudad. El ortopedista e inventor caminó a grandes zancadas por el pasillo que llevaba al elevador y el gerente miró a sus empleados con ojos que buscaban fulminar a todos. Hombres y mujeres, de uniforme azul oscuro y vivos blancos, se dispersaron, excepto el señor Abascal, el administrador nocturno, quien fue requerido por el hombre de leontina y se encerraron en el despacho que momentos antes retumbaba.

II

Una ocasión en que entrevistaron a la ama de llaves del hotel para la gaceta *Hotelería dinámica*, le preguntaron que si el personal que realizaba el aseo de las habitaciones tenía la curiosidad de rebuscar en las maletas y petaquines que los huéspedes solían dejar en sus habitaciones. Doña Castella respondió que se contaba con personal reservado y que se le capacitaba para la discreción, sin añadir que el monto de trabajo en el Hotel Central no dejaba tiempo para andar metiendo las narices donde no se debía; además, concluyó, el aseo se realiza con la puerta entreabierta para que los supervisores puedan entrar con plena libertad. En una ocasión, dijo, la señorita Albertina encontró una cartera con un montón de billetes verdes y le fue devuelta al propietario por el gerente mismo, pues Albertina me entregó la cartera, levanté la ficha de control, hice un informe pormenorizado de su contenido y la entregué al señor Santiago, gerente del hotel. No dudo, reparó, que alguien alguna vez se sorprenda de algún objeto extraño que se encuentre en alguna habitación, o aquel que en una condenada debilidad husmee un poquitín, pero las reglas son reglas.

III

Aquella mañana, Rossana, joven de unos treinta y cuatro años, con servicio de quince, entró a la habitación 1525, arrastrando una moderna aspiradora y luego un carrito donde llevaba los suplementos intercambiables y los desechables del servicio. Recogió en el baño toallas húmedas, unos cotonetes con sangre en el lavabo, una camiseta y unos calzones sucios. Pasó a la habitación, recogió y acomodó en el buró un libro que se encontraba entre las sábanas; vació el cenicero que conservaba restos de un puro aplastado y cambió el cenicero por uno limpio. Fue hasta el ventanal y descorrió las cortinas. La luz del mediodía iluminó la habitación, haciendo brillar la bien barnizada cabecera de madera, sobre la que pendía un cuadro donde un caballo, montado por un jinete vestido de cacería, saltaba unas matas, siguiendo un perro que, a su vez, seguía a una liebre que casi se salía del cuadro. Al recoger las sábanas y sustituirlas por otras, la muchacha descubrió en el ropero entreabierto una maleta de cuero amarillo, asegurada por correas color vino; cambió las sábanas y tendió la cama a la perfección. Recogió unos pantalones color crema que estaban sobre el respaldo de una silla y decidió colgarlo junto a la demás ropa de ropero. Al abrir ambas puertas, la maleta amarilla brilló, pues su piel estaba en extremo bien cuidada; Rossana no recordaba haber visto una maleta tan curiosa ni tan elegante. Fue ante la puerta de la habitación, se asomó para cerciorarse de que el supervisor no andaba por ahí, la entrecerró y volvió ante la maleta, pasó su mano con cuidado sobre la cubierta y, de pronto, la tomó del asa, la cargó con dificultad hasta la cama, pues pesaba más de lo normal. Descorrió la correas color vino, abrió el broche, levantó la tapa y descubrió una serie de pares de manos humanas muy bien acomodadas; su primera reacción fue intentar cerrarla, pero la mantuvo abierta, maravillada. Había varios pares de manos tersas de mujeres, limpias, sin arrugas; no pudo evitar mirarse las suyas y darse cuenta de que tantos años de servicio en el hotel, de limpieza en la casa de su tía, trabajo duro desde la infancia, le habían otorgado, ahora, unas manos de mujer vieja cuando apenas Rossana tenía treinta y cuatro años.

Sin pensarlo demasiado, pero con prudencia, empezó a analizar los pares de manos de mujer hasta que descubrió unas muy lindas, casi del tamaño de las suyas; las puso con cuidado sobre la colcha de la cama. Las estuvo observando un buen rato hasta que, de manera mecánica, empezó a desatornillarse las suyas, las tiró dentro de la bolsa negra de la basura; tomó las nuevas y se las atornilló. Hasta mirárselas se dio cuenta de que esas manos tenían un barniz de uñas de un rojo pálido agradable y discreto. Acomodó de nuevo las demás manos dentro de la maleta, la cerró y la puso en su lugar. En ese momento, se abrió la puerta de la habitación y entró Julius, el supervisor, vestido de traje azul con vivos blancos. Rossana aparentó estar acomodando la ropa del ropero y movía un gancho para acá y otro para allá.

—Chica, por qué tan encerradita —dijo él.

La mujer giró, dejando las manos detrás de su vestido gris, sintió que se sonrojó; creyó haberse visto descubierta y dijo:

—Ay, Julius, qué susto me diste… Nada, aquí acomodando este gran desorden.

—Dale velocidad, nena, que todavía te falta un piso —dijo Julius y salió de inmediato con movimientos amariconados.

Rossana miró sus manos nuevas, sonrió, tomó la barra del carrito y salió de la habitación. Mientras empujaba el carrito para dirigirse hacia el elevador y subir al último piso que arreglaría, se observaba sus nuevas manos y pensó que con ellas, más el cuerpo bien conservado que la beneficiaba, no se le dificultaría encontrarle un nuevo padre a Tonino, su hijo de ocho años. Entró al elevador sonriente.

IV

El señor de leontina y el administrador nocturno, el señor Abascal, deliberaban sobre lo ocurrido y manipulaban, de forma verbal, el rumbo que habrían tomado las manos de mujer y decían "rumbo" como si las manos hubieran sido pies para moverse por sí mismas. El señor Abascal le afirmó al de leontina, de seguro socio mayoritario del hotel o gerente general del mismo, que no había recibido ningún reporte al respecto del administrador matutino y opinaba que el hurto, con seguridad, señalaba a Rossana, aunque ponía en duda el dicho del tal señor Ítalo Salvattori, pues que recordara que ya en una ocasión Salvattori había reportado al barman debido a la grosera atención que había recibido de éste cuando el señor Gaspari era querido y admirado por los bebedores que habían pasado todo este tiempo por el bar; pero el de leontina le explicó que en esta ocasión estaba seguro del rapto de las manos, ya que Salvattori, según su dicho, había contado y recontado y vuelto a contar los pares de manos y que, de manera inevitable, siempre le faltaba uno de mujer de edad de entre 20 y 25 años, aunque no faltaban cincuentonas ricas que se los compraban. Así que la ratera podría andar entre los 25 y los 50 años, lo cual dificultaba la investigación en tanto que la duda podía ir desde Rossana, a quien le tocaba arreglar ese piso, hasta doña Castella aunque, desde luego, la señora Castella era de toda su confianza; pero también podía implicar a algún varón, como Julius, aunque no sea tan varón, pero era capaz de llevarse un par con el fin de regalárselo a su madre a la cual adora como si fuera la misma diosa Juno.

Al final, acordaron citar al personal matutino media hora antes de su entrada, primero para llevar a cabo una revisión entre las manos de las mujeres y, segundo, si no daba ningún resultado la inspección, para entrevistar de forma directa al personal con más altas sospechas como Rossana y al tal Julius y a quienes distingamos con más alto grado de nerviosidad. Así que (dijo el de la leontina), mi estimado señor Abascal, le ruego que usted, su personal y quienes puedan asistirle en este instante, empiecen la redada telefónica, pues quizás con la simple llamada podamos detectar desde ya a la o a el responsable y, tal vez, ante la inminencia de la revisión de manos, esta misma noche se entregue la persona que buscamos, ¿entendido? Con una afirmación de cabeza de parte del señor Abascal mientras se ponía en pie y le daba la mano al de leontina, daban por terminada la reunión y el administrador nocturno salió hacia su oficina, concentró a su gente, anexó a un par, y empezaron a realizarse las llamadas como si se tratara, no de un hotel, sino de una central telefónica.

V

En cuanto Rossana recibió la llamada telefónica de manera directa de la voz del señor Abascal, señalándola como la más probable responsable del hurto, sintió un miedo tan descomunal que el primer impulso que tuvo fue quitarse las manos para ponerse las suyas, pero de inmediato recordó que las suyas las había tirado a la bolsa negra y que el camión de la basura pasaba a recoger las bolsas y demás desperdicios antes del amanecer, con lo cual el temor todavía se incrementó otro tanto; pensó ofrecérselas de intercambio a su tía Teresa con quien compartía el departamento, pero recordó que cuando llegó del hotel, le presumió sus manos a la tía Teresa, con quien ya había discutido en no pocas ocasiones, y lo más seguro era que no aceptara la permuta y que la dejaría morir sola. De cualquier manera lo intentó, incluso chantajeándola con el argumento de que en realidad se las había llevado a ella y que lo de la presunción fue sólo broma, pero Teresa con sólo mirarla a los ojos e inspeccionarle la cara y recordar la llamada extraña que había recibido del trabajo, dedujo que su sobrina estaba metida en un serio lío y que ahora se las iba a pagar todas juntas; así que se negó de modo determinante al intercambio, que ella estaba satisfecha con sus manos de trabajadora, aunque estuvieran ajadas y envejecidas antes de tiempo.

Aunque supuso que esa sería la reacción de Teresa, de cualquier manera se angustió aún más y empezó a morderse las uñas, pero de inmediato se dio cuenta de que las estaba maltratando y que si se veía en la necesidad de regresarlas, al menos devolverlas en las mejores condiciones; de súbito cayó en el terror con tal pensamiento pues si las retornaba, encima, habría de quedarse sin manos, lo cual era en sí mismo una catástrofe, ya que ni con doscientos años de trabajo lograría reunir el costo de unas manos como esas y sin manos significaba que estaba muerta. Rossana pensó en escaparse esa misma noche, al lado de su hijo, hacia algún pueblo de provincias, pero se dijo que antes de hacer una locura debía buscar una solución en el vecindario e intercambiar las manos nuevas por unas ajadas jóvenes de su edad. Así que sin pensarlo mucho se puso un suéter y salió a la noche fría a una hora en que tal vez las posibles candidatas estuvieran ya en cama, pero en circunstancias así, se dijo, no importa despertar a medio vecindario. En algunas casas no le abrieron, en otras los señores no quisieron molestar a las mujeres de sus casas para algo que no acababan de entender o de lo cual no habían oído hablar. En uno de los últimos hogares a los que acudió, la madre de una de las elegidas le dijo que ese asunto de intercambiar manos le sonaba más a brujería que a ciencia.

Ya afligida a profundidad, en camino hacia otra casa, la palabra "brujería" le empezó a dar vueltas en la cabeza y, de pronto, recordó a aquella señora, de nombre Susana, doña Susana, a la cual señalaban como bruja debido a las curas que hacía con hierbas, hipnosis, filtros y limpieza del cuerpo con líquidos que ella preparaba, agregándole cierta rezandería. Así que, sin pensarlo más, se dirigió hacia la casa de doña Susana, quien la recibió con una sonrisa, la primera de la noche; hizo que Rossana tomara asiento, le dio a beber una infusión sin tocar el tema, sino hablando de asuntos en apariencia sin importancia como de su jardín y las flores y las plantas que ahí cultivaba, explicándole el origen de cada una y el "servicio" (como dijo doña Susana) que le daban al prójimo. Una vez que vio tranquila a la joven, se levantó, fue hacia la cocina y ahí, en una cacerola donde puso agua a calentar, le agregó gotas de un par de líquidos, más hierbas de distinta índole y, estando el combinado a unos pocos minutos de ebullición, apagó la estufa. Con un trapo agarró la cacerola y la llevó ante Rossana, indicándole que aspirara los humos que salían del cazo. Mientras tanto, le decía a la joven que pensara en que no era necesario cambiar el destino que los entes de la invisibilidad le habían señalado a cada quien, aunque vinieran de las llamadas ciencias; que el esfuerzo que ella, Rossana, estaba realizando en el Hotel Central tenía un porqué y un después, pero que éste vendría con el propio impulso que los entes le habían determinado, si quieres llamarles Dios puedes hacerlo, pero que ella, doña Susana, leía en los ojos de Rossana un futuro providencial para su hijo y, por consecuencia, para ella. Cuando modificas las señales de los entes, éstos se convierten en su contrario, como te está sucediendo a ti en estos instantes. Aunque las señales no vean, actúan y no habían pasado siquiera veinticuatro horas con tus manos nuevas, cuando ellas cambiaron de rumbo, hacia él te llevaron y te agradezco que hayas venido a verme y aquí será tu casa desde hoy y a la hora que la necesites. Ahora, por favor, mijita introduce tus manos en la cacerola sólo por unos instantes, un par de minutos y habremos terminado. La joven estaba un tanto impresionada, o un mucho, ya que no le había dicho ni una palabra sobre el asunto de las manos, doña Susana lo había adivinado todo. Cuando Rossana sacó las manos de la olla, se dio cuenta de que ya eran sus manos, las que había tirado, y que mañana podría presentarse a su trabajo sin preocupación.

Cuando la joven se puso en pie y le preguntó a doña Susana cuánto le debía por la magia, ésta le dijo que sólo le trajera un ramo de flores al día siguiente y le explicó que no era magia, sino tan sólo la medicina de la antigüedad que algunos, como ella, habían preservado. Se despidieron de mano y con un beso en la mejilla. La tranquilidad que había conseguido Rossana era lo contrario de cuando había visitado la última casa antes de ir con doña Susana. Llegó a su casa, su tía se sorprendió de verle las manos ajadas de antes; sin palabras de por medio, ambas se fueron a dormir.

VI

Al día siguiente, Rossana llegó a su trabajo a la hora en que le habían asignado. Formaron primero a las mujeres, incluida doña Castella, con las manos extendidas al frente. En ese instante, cuando la última ponía delante de sí sus manos vueltas hacia arriba, llegó el señor Ítalo Salvattori en medio de su palabrería que nadie descifraba y se dirigió con habla queda al oído del señor de la leontina, quien llevaba una cara de desvelo tremendo; cuando terminó de escuchar lo que Salvattori le decía, se dirigió a las mujeres y les dijo que bajaran las manos, les pidió una disculpa y las invitó a que fueran al restaurante para que les sirvieran a todas un té o un café mientras empezaba su hora de trabajo, e hizo pasar a Rossana a su oficina, acompañado del señor Salvattori y los administradores de la mañana y de la noche (quien tenía una cara medio verdosa). Ya dentro, el de la leontina le pidió a la joven una disculpa especial por la intimidatoria llamada telefónica que le había hecho el señor Abascal y que don Ítalo Salvattori se había equivocado, que sus pares de manos femeninas estaban completas y que tenían algo para ella; Salvattori metió la mano derecha al bolsillo interior izquierdo de su saco de lino crema y extrajo un sobre que le entregó a Rossana. Ella le echó una mirada y vio un montón de euros casi nuevecitos, lo volvió a cerrar y se lo guardó en una de las bolsas de su uniforme azul con ribetes blancos. Por la tarde, al salir del trabajo, fue a adquirir un gran ramo de flores, el más grande que nunca se imaginó comprar.

Los Muymuys

Mi mujer es inquieta y asombrosa. Puedo afirmar que reniega de la placidez de la inmovilidad. Cada cierto tiempo, que puede ser de un día para otro, el cuadro del embarcadero con las palmeras recostadas sobre el pueblo de pescadores puede cambiar de sitio cuatro veces al mes, encontrarse en el baño, en el pasillo, en la cocina y regresar a la sala. Esto sucede, en la práctica, con la mayoría de las cosas, incluyendo nuestra cama, las lámparas y los sillones.

Cuando regreso del trabajo, por lo regular alrededor de las nueve de la noche, debo deshacer el plano de casa que dejé en la mañana y estar dispuesto a lo que llamo, quizá de forma indebida, lo aleatorio, lo fortuito, aunque ella lo denomine "maneras de disolver lo cotidiano".

Sus cambios incluyen novedades, nuevos inquilinos, desde miniaturas hasta corpulencias. Una vecina australiana, que salió de vacaciones a Puerto Vallarta, le encargó a su canguro adolescente. Durante esos diez días tuve que dormir en la sala, pues el pequeño tenía la costumbre de dormir con su ama y, en esta ocasión, lo hizo con mi esposa. La primera mañana me quedé sin pan tostado, pues Cowper, como se llamaba el muchacho, se comió de una mordida todo el paquete de mi pan. Tuve que desayunar unos wafles renegridos que mi mujer preparó de prisa, ya que Cowper casi se termina los aguacates que ella se iba aplicar ese día en el rostro para aminorar las arrugas de los ojos que ella llama, sin mayor pudor, patas de gallo.

Lo único interesante del joven canguro era que, después de la cena, tenía disposición de jugar ajedrez conmigo, juego que no le agrada a mi esposa, pues opina que debería haber ajedreces con menos peones y más caballos, que las torres son horrendas y que bien le vendrían unas murallas y, al menos, dos reinas. Los reyes, y en esto su opinión sí es imperturbable, le dan urticaria, como ella dice; tiene la impresión de que se sienten los muymuys; cuando menciona esta palabra, que en verdad me divierte por su coloquialismo secretarial, me imagino a una tribu africana, llena de collares multicolores, en medio de un ritual, alrededor de un perol donde cocinan a mi madre, quien se lleva a las mil maravillas con mi mujer, a quien le presta de vez en cuando sus móviles columnas dóricas cuando a mi cónyuge le da por la antigüedad. Adoraría que un día llegaran, con sus faldas de hierbas secas, sus rayas de pintura roja y amarilla en los pómulos, sus collares sonoros en los tobillos, sus cuchillos afilados y sus dientes tan filosos como los puñales, adictos a la carne femenina, la Tribu de Los Muymuys.

cuarenta y cinco dromedarios

hay un silencio como de fábricas clausuradas y peces invisibles y ojos sellados en este pañuelo de oscuridad donde mi vista a pesar de que mira su entorno es invadida por ráfagas de grises ropajes manchados por malentendidos entre humos de antiguos trenes obtusos un silencio de automóviles encaramados en lomas de hierro cuando ya la tarde terminó de pardear y se levantan en su entorno alambradas grasientas labios y sexos zurcidos por cordones de alambre piernas diseminadas por las avenidas principales donde ya nadie transita o mis manos vueltas murciélagos rabiosos que se embisten a sí mismas un cielo sin cielo debido a que en el centro de su mayor altitud se gesta un huracán invertido ocultando la luna y de súbito devorándola de forma miserable y provoca que estalle sin que las estrellas tornen a observarse mientras los edificios y las casas de la ciudad se van desmoronando de manera paulatina con lentitud como si un dios execrable los estuviera filmando de forma cruel a sabiendas de que los perros ya no ladran porque están colgados de los alambres que cruzan las calles junto a los eternos zapatos que penden ahorcados desde hace siglos y de pronto ese silencio de fábricas suprimidas impenetrables como tiendas subterráneas avenidas entre cascajo de cuerpos se convierte en silencio que silba la canción más sombría y terrible que se hubiera escuchado en las batallas entre los mortales o las del amor expansivo y profundo ese amor que no deja en pie torres de cableados eléctricos ni tanques de refinerías mientras la ciudad se va anegando de chapopote que es la viscosidad de la conjunción de las desgracias las ausencias las traiciones la desesperación ver atravesar al estrago nuestro cuerpo y saber que nos quedan micras de tiempo para una última querella sin rezos ni plegarias como cuando los camellos caen de un golpe tremendo contra la arena del desierto sin saber que trajinaron todavía decenas de kilómetros vueltos cadáveres sólo por la costumbre terca de llegar a un destino que en esta ocasión fue ese montículo donde se desplomaron los cuarenta y cinco dromedarios como el amontonadero de vehículos en diversos montes ferrosos de lo que fue una ciudad en esta noche helada

Doña Aurelia y sus tres caballos

Luego de trabajar entre la cebada en un terreno de su propiedad, la señora Aurelia, una mujer de estatura más alta que la de las puertas de su casa, llegó a descansar; se la veía agacharse cuando pasaba de una habitación a otra. Lo mismo le sucedía en cualquier puerta del pueblo, excepto en la de la iglesia de Santa Rita.

Puso, como de costumbre, una silla de lona, afuerita de su casa; sacó su puro de siempre, lo prendió con su encendedor de gasolina que, al cerrarlo, hizo ¡clic!, y empezó a fumar con fuerza, de tal suerte que parecía que se le incendiaba la boca y su nariz grande y afilada. Mientras tanto, disfrutaba de sus tres caballos blancos, que correteaban en el cercado que les había construido y que les permitía hacer piruetas ante ella, su ama, para demostrarle que estaban contentos de verla en la silla entre su humareda.

Pasó su vecina, doña Celina, quien se hacía unos chinos en la cabeza que parecían, unos para un lado y otros para otro, leve cornamenta de venada; se saludaron amables y la señora Aurelia empezó a lanzar donas de humo en cada aspiración a su puro, como si quisiera ensartarlas en los chinos de doña Celina, que no estaba de mal ver, pensaba la del puro.

De pronto, percibió inquietud entre sus caballos; de inmediato, la barbilla, la nariz y la frente se le pusieron verdes pasto. Aguzó la mirada y descubrió a una víbora con cara de diablo color negro, rojo y azul hospital. Con el susto, "Teófilo", el caballo más alto, atropelló a una señora de cabello azul que les estaba preparando la pastura; a la señora se le puso la cara de tonalidad naranja, quizá por el dolor o por el susto o por ambas cuestiones.

Doña Aurelia entró a su casa y salió con un mazo enorme, como ella, sobre el hombro. El diablo sonrió, sabiendo que mazo alguno podía contra sus influjos y que, mínimo, se llevaría un caballo, pues estaban lindos de verdad, se decía. Apenas empezó a montar a "Cervando", el caballo mediano, cuando sintió el primer mazazo en el pescuezo. Le extrañó que le doliera, pues no sabía que el mazo estaba embrujado por el cabalista don Toribio.

Por ello, cuando recibió el segundo, la cabeza se le descompuso y le quedó como escultura cubista, de las que hacen en Francia e Italia y que él conocía perfecto; la cabeza se le veía bien desde distintos puntos de vista al mismo tiempo, girándola en el espacio, dándole a la cara del diablo un aspecto de mandolina aplastada y las cuerdas hechas rizos, como los de la vecina, doña Celina, con sus chinitos de cornamenta de venado. La mandolina aplastada, más las cuerdas en desorden, resaltaban junto a un trozo de periódico del año 1930 con palabras belgas, además de los rayones sepias que cruzaban de manera inclinada. El caballo más chico, de nombre "Paradigma", relinchó de gusto y las notas musicales de su relincho se incorporaron a la cabeza cubista de Satanás.

Lo último que se le vio al diablo, cuando desapareció tras lomita, también propiedad de doña Aurelia, fue su cola abstracta, ya que no se le veía forma realista ninguna. Como la vecina, doña Celina, había presenciado todo aquel alarde de su vecina, pero todo, se reía agarrándose la panza, que era pequeña, mientras la señora Aurelia lanzaba nuevas donas de humo hacia Celina, a quien le sacó una silla de lona, la puso junto a la suya, le ofreció un agua de jamaica con un piquete de ron. Y empezaron el güiri-güiri mientras Aurelia le ponía la mano en el hombro a Celina, pues ya comenzaban a hablarse de tú. Mientras tanto, los tres caballos blancos empezaban a dormitar después de haber comido pastura como nunca mientras el sol empezaba a descender.

flamas negras

los instantes pasan como hormigas etéreas que se escon-
den bajo la imposible alfombra en que mis pensamientos se
convierten en gruesos cabellos rojos y amarillos de retorcido
estambre apretado en el momento en que las emociones de la
realidad giran en torno de la lámpara china como insectos vo-
látiles que son y no son palomitas de san juan y debido a ello
supongo que te encuentras dormida en un sueño donde el cielo entre la oscuridad muestra tonos naranjas y supongo que mi
mano que sigue estas teclas blancas con símbolos oscuros se
alargan hacia determinada orientación donde tal vez se encuentre una ciudad cuyo nombre comienza quizás con la letra "m"
lo cual implica que podría ser más de un nombre mientras mis
sensaciones elípticas no logran expandirse hacia las letras "m"
ni "o" debido tal vez a que la música que escucho dice *please
don't touch*" a lo mejor porque la vida es como de papel albane-
ne y hasta de papel de china cuya consistencia podría desmo-
ronarse como grumos de harina o azúcar y caer en ese territorio
extrañamente oscuro en el que al fondo se distingue la luna que
muestra su planisferio gris sin dejar de explotinar esa luz que no
es magnética pero la deja en el fondo de aquella negrura y entra
en contacto con tonalidades naranjas de este sueño mientras te
supones dormida pero sueño en que en realidad caminas descalza hacia una vegetación cada vez más abstracta en la que a
medida que avanzas se va convirtiendo en formas matemáticas
de aquellas que el gran físico dejó sembradas con el fin de que
siglos después fueran conjeturadas sin suponer que tus blancos
pies descalzos las iban a transitar en una noche de intensos
fuegos y flamas negras para llegar hasta mis aritméticos brazos

Eleonora

Ahora entiendo tu pasión por la literatura y los tatuajes, Eleonora. Los sonidos de tu nombre remiten de inmediato a una novela del tipo de las de Thomas Hardy, un gran hacedor de caracteres, aunque Poe te hubiera dado una historia casi beatífica. Al mismo tiempo, tu nombre encarnado invita a lo literario, por ejemplo: Elenora quiere decir "El león ahora", "Remanso de leona", "Ahora la leona", "La aurora en la leona", "Flor coroleona", "Eliocandora", "El ahora"; en fin, hasta sólo "Eleonora".

Según Hardy, Eleonora tenía instinto felino; con su aspecto de súbita hermosura provocaba galvanizar la mente, fascinación, magnetizar el cuerpo, electrización, parálisis en la gente, hombre o mujer. Sabes, por instinto, que las de tu especie dominan el territorio, la comarca o sólo un paraje con agua fluyendo en un vergel. Eleonora lo hace de forma discreta, con pausas, pero firme, definitiva, mas cautelosa, sin que el amante se dé cuenta, de acuerdo con Hardy.

Se te ha reconocido como uno de los caracteres más fascinantes de ese tipo de literatura, lo que te hace perdurable. Eleonora dibuja tatuajes en el agua translúcida del manantial y tatúa allí su cara, sus senos, la cintura, sus piernas. Luego los traza en el pecho de su amante, avanza el agua lenta por los tatuajes y lleva al hombre a la otra orilla, donde se encuentra la sombra de una ceiba naciente y ahí están ya ellos, ella y su amante.

Enamorados, ella le dibuja otro tatuaje en la garganta, un hilo esbeltísimo de sangre fluye sin que el amante lo perciba o, si lo nota, lo desdeña y Eleonora sigue dibujando un largo, profundo, casi inmaterial tatuaje en ese hombre que ama y la ama, pero al que es inapelable imprimirle un tatuaje en el alma, la cual empieza a emerger y Eleonora se dibuja en esa alma de cuerpo entero en tanto que el alma del hombre se confunde con la transparencia del ramaje de la ceiba. Al enamorado no le importa perder toda su sangre y hundirse bocabajo en el agua calma del manantial.

El problema de los peluqueros en el DF

A Ramón Córdoba

Con el subsidio que el gobierno del Distrito Federal les da a los peluqueros de la ciudad es imposible cortarle el cabello a todos los hombres. Por esto, con el paso del tiempo algunos caballeros parecen hippies aunque sean personas recatadas y escuchen a los Bee Gees y, de cualquier manera, los corren de sus trabajos, en especial de los bancos y de las agencias aseguradoras, aunque ellos demuestren su buen récord en la empresa.

A otros sólo les alcanzan a cortar la mitad del cabello de la parte de abajo y recuerdan la época de Robin Hood; pero si les cortan la mitad de izquierda a derecha o a la inversa, la gente cree que van hacia un concierto de rock negro o que ellos mismos forman parte de algún grupo musical dark.

Otro problema que enfrentan los peluqueros es que a los bustos, las estatuas y a las esculturas, les ha ido creciendo el cabello de piedra y de metal de forma desproporcionada, en especial al cura Hidalgo y a José Ma. Morelos y Pavón, cuyo paliacate se le cayó y nadie quiere devolverlo. Con los toreros es peor, ya que hay ocasiones en que se enredan con su propio pelo y el toro aprovecha para cornearlos; las plazas de la tauromaquia se han ido llenando como circo romano.

Lo más curioso de todo es que los leones del parque de Chapultepec se han ido quedando calvos y todo mundo supone que ha empezado la rebelión de los peluqueros ya que, hoy en día, por más que lo intenten, no pueden hacer ningún corte de pelo ni con una pizca de arte. Y aunque los caballeros los tomen como "oficiantes", en rigor son artistas.

Por otro lado, la mayoría de los hombres han empezado a manifestarse en contra del gobierno y no sólo el del DF, sino en general, de una frontera a otra y de un océano al otro, ya que todos, pero en absoluto todos, los políticos andan muy bien peluqueados y lo mismo sucede con sus choferes, lo cual es la ofensa mayor para la hombría de la República.

Los que tienen la fortuna de tener una esposa, una hermana o una madre que tengan habilidades de estilistas salen del problema. Otros han optado por rasurarse toda la cabeza y el país se está llenando de pelones, como si todo mundo se hubiera escapado de algún hospital psiquiátrico. Los pelones tienen la desventaja de que, al intentar atraer a una mujer, con sólo ver la pelona, aunque tengan ojos azules o verdes, las mujeres lo piensan más de dos veces para aceptar salir con el pelón en turno. Los que ya eran calvos de por sí están muy contentos, ya que sienten una especie de venganza ante los pelones. Y, en rigor, no se ha visto a ningún calvo en las manifestaciones callejeras que se han ido incrementando día con día.

Los líderes pelones y los de los peluqueros consideran que, más menos, el próximo 2 de octubre estallará la revolución, como sucedió en Portugal con la revolución de los claveles rojos en la boca. Suponen que parte del ejército se pasará de su lado, no como en el movimiento estudiantil de 1968, que actuaron en bloque, ya que todos pero todos los soldados están pelones o semipelones, lo cual es una gran ventaja para la toma del poder.

Desde luego, el mejor peluquero, o estilista de México, será el presidente; las demás carteras se repartirán entre pelones, peluqueros y soldados (de sargento para abajo). Esta confederación citará a elecciones en su momento y, desde luego, están incluidas las mujeres pelonas o de casquete corto, por aquello de la igualdad de géneros. Esperemos que quien tenga el paliacate de José Ma. Morelos y Pavón lo devuelva a la cabeza pertinente, pues la escultura se ve muy gacha así, nada más, con la pura pelona de uno de nuestros máximos héroes y, por favor, no traten de cortarle el cabello a Iturbide que, de cualquier manera, fue nuestro primer rey mexicano. En su país, España, a Juana La Loca la representan como fue, como Loca; sería un despropósito que la representaran como Juana La Cuerda.

Miremos un poco su carrera política: Juana I de Castilla, conocida como "Juana La Loca" (Toledo, 6 de noviembre de 1479 - Tordesillas, 12 de abril de 1555), fue reina de Castilla de 1504 a 1555. Antes fue infanta de Castilla y Aragón, luego archiduquesa de Austria, duquesa de Borgoña y Brabante y condesa de Flandes. Al final, reina propietaria de Castilla y León, Galicia, Granada, Sevilla, Murcia y Jaén, Gibraltar, las islas Canarias y las Indias Occidentales (1504-1555), de Navarra (1515-1555) y de Aragón, de Nápoles y Sicilia (1516-1555), además de otros títulos como condesa de Barcelona y señora de Vizcaya, títulos heredados tras la muerte de sus padres, con lo cual unió en definitiva las coronas que conformaron España a partir del 25 de enero de 1516, convirtiéndose así en la primera reina de España junto con su hijo Carlos I.

En los últimos años, a la enfermedad mental se unía la física, teniendo grandes dificultades para caminar. Entonces, volvió a hablarse de su indiferencia religiosa, llegándose incluso a comentar que podía encontrarse endemoniada.

Como se puede observar, con tantos nombramientos, enigmas, problemas, nominaciones, dificultades, incógnitas, llamamientos, inconvenientes, misterios, investiduras, molestias, secretos, responsabilidades, diplomas, trabas, acertijos, certificados, apuros, charadas, despachos, conflictos, logogrifos, cédulas, disyuntivas, teoremas, incertidumbres, ambigüedades y, por consecuencia, diversidad de viajes, reuniones, guerras en el extranjero, en su entorno territorial y firma de cientos de miles de documentos, cómo no se iba a volver loca. Incluso, el lector póngase en su lugar y evaluará si podría mantener la cordura en tales circunstancias.

Además, posar para decenas de pintores, lo cual la ponía en extremo nerviosa, ya que había algunos artistas que tardaban meses en retratarla (con pintura, desde luego; todavía no aparecía Kodak). O sea, con tanto ir y venir, subir y bajar, quedarse y viajar, vestirse y desvestirse en ocasiones veinte veces al día, escuchar a religiosos de una tendencia y a otros más que sumaban unas 143 tendencias, las intrigas, las mentiras, las verdades a medias, las verdades exageradas. Es decir, hasta el momento, la Historia no se ha parado a preguntarse si una mujer como ella, Juana I de Castilla (o hasta un hombre o un homosexual),

¿no se hubiera vuelto loca con tal cantidad de sucesos semejantes a un océano en constante tempestad?

Antes de la muerte de la llamada Juana La Loca (y que no nos mientan; así murió: loca y endemoniada; los datos aquí reunidos no pueden indicar hacia lo contrario), la visitó, por segunda ocasión, san Francisco de Borja (que en aquel momento no era santo y que, en la primera visita, unos tres meses atrás, habló de "demonismo") y lo hizo tan bien, que incluso se afirmó que la reina había recuperado la razón (¿¿¿ustedes lo creen???), por haber encontrado —dice Francisco de Borja— "muy diferente sentido en las cosas de Dios del que hasta allí se había conocido en Su Alteza". Ella, la pobre, falleció a los 76 años.

En este sentido, decíamos, debemos representar a Agustín Cosme Damián de Iturbide y Arámburu como en el rey que fue primero y no al equívoco Iturbide que regresó a México después para rescatar su título y su posición cuando para él los aires habían cambiado y se habían convertido en Vientos Huracanados, que es probable que lo que le haya sucedido a Morelos y Pavón con su paliacate, es decir que un viento huracanado se lo llevó y alguien lo recogió como cualquier paliacate. Por otro lado, y eso es lo que se ha mantenido silencioso respecto de los peluqueros y de los mexicas de la época de la Independencia: que lo que deseaban para gobernar a México era un rey mexicano. Su mentalidad estaba, como dicen los investigadores, contextualizada en tales parámetros y, de pronto, les imponen a un "Presidente" de forma, por lo tanto, "descontextualizada". Y que nos contradiga san Francisco de Borja, que está en los cielos y todo lo ve.

Por todo lo antes dicho, incluido lo de Juana La Loca e Iturbide, llamar a la conformación de un Gobierno Provisional de Pelones, Peluqueros y Soldados (de sargento para abajo), el próximo 2 de octubre es la línea más pertinente, cuidándonos de no "paradigmatizar" nuestras palabras ni nuestra presencia en campaña como lo hacen los candidatos de todas las asociaciones políticas de este territorio que todavía se llama República Mexicana, si es que los gabachos no dicen otra cosa antes del 2 de octubre.

¡Vivan los cortes de pelo bien elaborados!
¡Vivan los leones de Chapultepec!
¡Viva el paliacate de Morelos!

Póker de reyes

La mujer entra a la taberna con crinolinas desajustadas. Con toda parsimonia toma asiento en una silla invisible. Un mesero de pierna metálica y un brazo trunco le sirve una bebida mitad azul y mitad rojiza sobre una mesa que nadie vemos pero teorizamos.

Al rato, llega una mujer similar y toma asiento con ella; después arriba una más pero con crinolinas ajustadas. El mismo mesero las atiende con bebidas semejantes.

No tarda en abrirse paso un hombre vestido de rosa; destapa una latita y pone en su mano un poco de polvo blanco. Lo aspira de súbito y aleja al mesero de la pierna metálica. Platican con la misma lengua de los otros parroquianos, pero juegan a alrevesar frases y palabras, y sonríen ligero.

Uno de los clientes más borrachos dice que son voltaireanos. Otro más explica que son cirqueros por sus trucos evidentes. Uno y otro se liaron a golpes y nadie puso ya atención en los trabalenguas ni en la mesa invisible. El mesero del muñón y la pierna metálica separa a los rijosos: a uno con un brazo y, al otro, con la pierna buena. Ambos intentan golpear al mesero, pero el hombre vestido de rosa hace varios movimientos con la mano izquierda dirigidos a los camorristas y los desaparece.

Todos los presentes en la taberna, incluido el dueño, le aplauden y el hombre de rosa mete la mano dentro de su saco y, de una flor que trae en la solapa, sale un chisguete de agua que cae en la cara de la mujer de las crinolinas desajustadas. Ella se quita un zapato con tacón de aguja para clavárselo al hombre de rosa en la cabeza, pero éste hace chistar sus dedos y la dama va a caer en las piernas del dueño de la taberna, el cual dice:

—Varias bebidas azules para la mesa transparente y algunos gramos de polvo blanco para el señor de rosa. Todo va a nombre de la casa.

La mujer de las crinolinas desajustadas le cierra un ojo al de rosa, quien se hace el que no vio nada. Luego, la mujer se lía a besos con el dueño de la taberna, le abre la bragueta, le saca el pene, se lo chupa; el tabernero tiene una eyaculación escandalosa, pero no se da cuenta de que el pene le quedó azul. La madre de sus hijos es una de las mujeres más celosas del poblado.

La mujer de las crinolinas ladeadas le cuenta la broma al de rosa, pero éste manda a la segunda mujer de crinolinas ladeadas a que haga lo mismo que la cínica y le devuelva el color natural a ese pene. "De otra manera —dice en voz muy baja—, no vuelvo a tener cocaína gratis en esta pinche taberna, ¿de acuerdo?". La segunda mujer se apresura y el tabernero grita:

—¡Hoy es mi noche de suerte! Ojalá el circo siga otro par de meses en este terruño.

la puerta de abajo

esa noche se había gestado un poco de niebla en la ciudad y tal ambiente no ayudaba en lo mínimo a mi estado de ánimo debido a que gabriela de pronto metió sus cosas en cajas y en los velices que tenía y se fue del departamento en el que habíamos vivido bajo el argumento de que las cosas algún día llegan a su fin y que lo nuestro estaba en ese caso ya que veía mi cansancio y mi indiferencia y que desde el momento en que los sintió (para ella el verbo "sentir" era su preferido y el que utilizaba como herramienta de argumento sin darle oportunidad al verbo "reflexionar" al cual acudía yo diciéndole a gabriela que podía combinarse con el de sentir pues era lo natural en el ser humano en tanto que sentir dominaba a las demás especies del reino animal excepto a la del homo sapiens y era cuando ella me recriminaba que le estaba diciendo animal y del círculo vicioso del animal no la sacaba) ella sintió que era el momento de irse a vivir con felipe un buen amigo de su infancia que se había divorciado tres meses atrás en tanto sonaba el timbre del departamento y ella palidecía un poco mientras agarraba sus dos maletas y las ponía ya al inicio del pasillo y apretaba el botón para abrir la puerta de la calle mientras gabriela esperaba sin verme a los ojos

La ficha negra

Luis Leal, in memoriam

El maestro Luis Leal nos llevaba una selección de imágenes poéticas y daba a una alumna a leer los textos. Después de unos veinte minutos de lectura, nos pedía que refiriéramos las imágenes que recordáramos. Las que el grupo recuperaba eran, por lo general, las mejores; se confirmaba cuando otra alumna leía de nuevo otra serie de imágenes. A este ejercicio le llamaba "la ficha negra" por aquellas imágenes que se quedaban en la oscuridad. El maestro llevaba la lista palomeada con las fichas negras y, al final, nos mostraba la hoja. Era infalible.

Fuera de lo literario, el investigador mexicano-estadounidense nos recomendaba que eso hiciéramos en otros órdenes de la vida, como el burocrático: no respondas ningún oficio, por muchos sellos de urgencia que traiga; si el asunto importa, su remitente volverá a comunicarse. Si no lo es, nadie reclamará. La vida promedio de una comunicación interna de una oficina de gobierno es un bimestre. Entonces, mandas el montón de documentos al archivo muerto. Entre otros vicios, el memorando tiene el de la autoprotección paranoide, para justificar que solicitó algo atentamente, o que lo concluyó cordialmente, lo notificó y notificar que le notificaron. La elaboración de los memoranda mismos es ya un poder.

Este tipo de evaluación memoriosa puede abarcar inclusive una vida. Don Luis nos sugería no realizar con frecuencia el ejercicio; sabía de casos en que lo rememorado en una sesión no duraba más allá de la sesión, pues el análisis y la discusión de los cuentos que llevábamos formaban una ficha aún más negra. Sorpresas que da la vida, se diría hoy. En el ejercicio, vas hacia el descubrimiento de un cosmos delimitado —desagradable, justo o mentido—, lo cual te sirve para escribir.

Berta Inés, otra alumna, jugaba a inventar personajes con nombres de medicinas, un ejercicio que en la Facultad de Filosofía y Letras les había puesto un maestro de creación literaria. Pembritín era el enano de la corte. Flanax, el caballero en problemas. Mum, nombre de un mago distraído. Valium, el rey deprimido, malaconsejado por Chanel, especie de Celestina, bajo las órdenes más bien de Melox-Plus, el cortesano de la intriga palaciega. Pembritín estaba casado con Solutina, la enana preferida de la vieja reina Disprina, en nupcias segundas con Drakkar, el emperador negro. La reina joven se llamaba Furoxona y nadie la quería, pero la necesitaban. Disprina llevaba una rivalidad de siglos con Triglicina, que se hacía acompañar de un gato de varias cabezas, llamado Astringosol.

La hermana de Furoxona, bautizada bajo el nombre de Sebryl en la iglesia de San Isidro Azantac, estaba enamorada, en secreto, del joven Valium quien, a su vez, estaba enamorado de una plebeya, apodada "La Penicilina". La perversa Chanel le había contado la historia oculta de Tetraciclina, verdadero nombre de la muchacha, cuya familia noble —los condes del Fénix— había sido despojada por Alka-Seltzer, medio hermano bastardo y mestizo de Drakkar. Seltzer habría puesto en grilletes al conde Prozac del Fénix durante seis meses, tiempo que aprovechó el mulato para robar a su antojo en el Valle de Aquavelva, llamado así en honor al río que baña el territorio del Fénix. Alka humilló a la doncella Tetraciclina, tiñéndole el cabello: del rubio manzanilla al rojo merthiolate; y le otorgó el cargo de vizcondesa Zanahoria. La ató a un sauce llorón, repartió zapotes maduros entre malandrines y ofreció cien ampolletas de Bedoyecta 12 (codiciada entre la población indigente) a quien atinara primero en el rostro de la joven desde una distancia de campeones olímpicos. La cara de la heredera del Fénix quedó igual que la de los habitantes de las provincias del emperador Drakkar. Al ama de llaves, doña Pomada de la Campana, la puso a aceitar las armaduras de 666 soldados que olían igual que Sulfatiazol, el caballo melenudo de Alka-Seltzer, regalo de Calcigenol, el pirata más renombrado y temido del Mar Violeta de Genciana.

Así las cosas, contaba Berta Inés, Valium se inclinaba, con su ventrículo izquierdo, por "La Penicilina", aunque el derecho le señalaba con mayor fuerza a Sebryl, debido a la tradición y, en especial, por los millones de miligramos que este casamiento le representaría. El príncipe triste, vestido de azul anestesia, escuchaba los reparos de Chanel:

—Si lo ves a futuro, mi señor, los millones vendrán de Tetraciclina, ya que el conde Prozac, hiperactivo, reorganiza ya la región, uniéndosele los condados de Acetolia y Robaina, con promesas de parte de los amos de Binotal y Vaporub de agregarse a la conspiración.

—Pembritín me ha dicho —reajustó el melancólico Valium— que Termómetro, el saltimbanqui de Robaina, le dijo que escuchó a su señor rumorarle a sus más íntimos que, en cuanto se vislumbrara la inminencia de hostilidades, se unirían a los ejércitos de Drakkar. Era de infantes suponer, explicó Termómetro, que la rebelión repercutiera en la base de los intereses de poder que el Rey Negro abrigaba. Que le hubiera divertido la broma de los zapotes no quería decir que Drakkar mandara una epidemia desconocida al Fénix. Pembritín dio varias volteretas, dio un beso en la protuberante frente de su esposa Chanel y tomó la palabra:

—Por lo tanto, mi venerable Valium, me inclino por la princesa Sebryl; mi razón más profunda es que los efectos colaterales acarrearían lo inverso. ¿A vos os gustaría veros la cara enzapotada y el cabello de paja burda?

En el silencio que se hizo en la gran habitación cupular del infante Valium, sonaron los admirados y breves aplausos de la enana. El sonido era de quien sacude la vitrina con un plumero diminuto. Pembritín dio otro beso a la mujer y puso cara y figura de consejero orgulloso.

—Como podrás suponer —agregó el príncipe azul anestesista—, querida Chanel, no estoy muy seguro de tu diagnóstico. Pero te confieso que no tengo ganas de afeitarme, ni con el maestre Gillette ni con el sumiso señor Prestobarba. No deseo bañarme, ni comer, ni dormir, ni nada…

En esos momentos entró al aposento el paje Flánax, servicial y amanerado, trayendo una charola con vino de la región de Breacol. Lo vertió en tres copas de bisel dorado, que ofreció a los comensales. Valium probó apenas el líquido, en tanto que Chanel apuró el suyo y pidió a Flánax que le sirviera otra porción, mientras Pembritín hacía lo mismo que su enana esposa. Chanel tomó media copa y miró a los ojos grises y torvos del joven príncipe.

—Si me permites, su señoría —dijo—, en cuanto el viejo Prozac arme su escandalito, tu padrino y padrastro de Furoxona tendrá que sacrificar al hermano mulato. Y se verá en la inminencia de restituirle a los aquavelveños lo que les es propio, de origen, por auténtica nobleza. Entonces, tu boda tendrá un aire de buenaventura que Sandoglobulina y la acabada Migristén (aunque sea tu tía bisabuela) no podrán otorgarle.

Chanel degustó la otra mitad de vino Breacol, cruzó la pierna ortopédica, cuyo botín negro asomó desde el vuelo púrpura de su vestido y pidió más vino. La faz del príncipe melancólico se descompuso aún más, palideció como un enfermo de hepatitis, encendió un tabaco de los que Drakkar fumaba. El aromático venía desde el reino de Kilmisén (padre de Drakkar), en los barcos que cruzaban el Mar Violeta de Genciana, regenteados por el mismo viejo Kilmisén, quien dejaba alguna ganancia a su hijo. Valium tenía acceso libre a las enormes bodegas de su padrino, tomaba alguna caja de tabaco Sueñodén que iba consumiendo a ratos, cauteloso y constante, como ahora, ante una Chanel desbordada. El príncipe formó gruesas donas de humo dirigidas a la concavidad del techo. Acercó su torso hacia la mujer y le plantó una gruesa voluta de humo en cada ojo. Chanel permaneció impertérrita, como si de costumbre usara la anteojera blanca. En ese instante, habló Valium:

—Te he pedido cada ocho horas, en medio vaso de agua, adorada Chanel, que no hables mal de mi tía bisabuela —la voz tensa tal una cuerda vocal—. Sé muy bien que envenenó al jorobado Graneodín, custodio de Cafiaspirina, a quien también victimó con una codorniz en salsa de Raid y Dedeté. Supe que mandó a cortarle el brazo que le falta a tu idolatrado Melox-Plus, de quien vives hipnotizada, lo mismo que Furoxona, fea como el carajo. Me informaron que de propia mano cayeron las cabezas del caballero Ponzran, el novicio Ginseng y la del espadachín Colgate Palmolive, incondicionales de la archicondesa Tétrex. Conozco de sobra el largo tratamiento que mi tiabisabue les ha impuesto a sus enemigos. Sin embargo, ella me regaló mi primer perro de compañía, el inolvidable y menudo Ménem, pero lo más atractivo es que, antes de que yo naciera, la reina había puesto a mi nombre el castillo de Hígado de Tiburón. Si yo hubiera sido mujer me habría llamado Diazepana; así lo acordaron mis padres con Disprina. Me consta que le habría heredado, antes de vida, la parte pantanosa de Crema Nivea; sin remordimientos, como es ella, alguna vez hubiera dejado hundirse a la bella Diazepana en la arena blanca y habría remitido a la horca a cinco pajes, tres doncellas pueblerinas, dos camilleros y a un visitador médico... Si es necesario, habré de repetírtelo, también, después de las comidas... Y para que veas, soy un hombre contradictorio: no sé cómo te permito que me hables de esa manera. Debería guillotinarte la otra pierna, o mandarte con los leprosos —el gesto de Chanel era de sorpresa fingida—... ¿Puedes entenderme?

La celestina guardó silencio mustio, se tapó el botín ortopédico y, como una profesional, se puso en pie. Pidió mil, mil, mil disculpas por su atrevimiento irreflexivo. Caminó hacia la gran puerta (apenas se le notaba la cojera), la entreabrió, se dio vuelta de forma teatral y, con tono de sentencia que resultó de tono tonto, dijo:

—¿Cómo podré entenderte si tú mismo no te entiendes, vuesa majestad, ni me entiendes ni entiendes a quienes en un cercano día serán tus súbditos in extenso? Si me lo permitís, os dejaría una obligación homeopática: ¿Quién debe entender a quién?...

Y salió presurosa, trompicando por las escalinatas, hasta las habitaciones de Melox-Plus, quien la recibió con un abrazo de un solo brazo. Andaba vestido de etiqueta morada. De entre las cortinas, salió en sombras la figura distinguida de una mujer con aspecto de que había elegido llenar su ocio odiando, con sencillez, sin matices, escupiendo sobre las palabras de Ortopsique, la adivina de Acetolia. La úlcera del caballero Plus se le exaltó al volver a escuchar un mensaje que (era evidente) le mandaba el príncipe triste. Furoxona sugirió a Melox que pusiera en sobre aviso a su apadrinado Alka-Seltzer.

***

Mientras tanto, Valium se dirigió, embozado tras su capa entérica, al bosque de eucalipto y conmel, donde tiene su laboratorio el mago Mum. Es el extraño fenómeno de un brujo de calvicie total. Por distracción, lo mismo se pone una gorra de ferrocarrilero que una tapa de jarabe. Convidó al príncipe de una pócima contra las várices, sabor a menta, que por entonces experimentaba. Se sentaron en las sillas de madera y piel de lobo. Los demás muebles eran similares, hechos por el mismo Mum; a los lobos los cazaba con dardos de adormidera, amapola y Passiflorine. El mago los llevaba al desolladero como ovejas negras alucinadas y torpes. En rigor, se mantenía de la venta de pieles, carne y lobos disecados. Entre la alcurnia era frecuente que disecaran animales y familiares. El de la vida disipada más escandalosa, el hoy fantasmal caballero Zoldan de la casa de los Lamisil, gustaba de la taxidermia de los animales bellos: el caballo, el primero de ellos, el lobo cachorro, muchachos de once a quince años y la albina águila real, entre otros, además de bebés de quince días de nacidos, comprados entre la plebe, pues ésta, a ser pobrísima, los degustaban antes de los dos años, como sugería su líder Swift. Zoldan recibió el menjurje y el mecanismo de la bruja Tetrex, pero en principio del laborioso Mum.

—Qué malestar te trae por aquí, muchacho —dijo Mum a Valium—. Sabes muy bien que tu madre, la santa Melubrina, fue generosa para conmigo desde que volví a esta dimensión a tu hermana menor, perturbada por Disprina. Veo en tu mirada, joven Valium, un foso, la tierra estéril de los muertos en las heladas y las pestes, a cien doncellas torturadas; veo la muerte de tu caballo Ativán; un jabalí devora a un desvalido, hay un manto de Yódex negro en tus pupilas. Pero veo también unas sulfas encendidas, un bicarbonato de cristal y una friega de alcohol con canabis índica.

—Ay, mi infalible Mum, le has atinado. Llevo en lo ojos una ficha de dominó negra sin puntos blancos. De pronto, mi mano, que puede prender el paisaje con desearlo, se ve dubitativa ante el juego de azar en que se ha metamorfoseado mi existencia. Los análisis no me servirían de nada; a veces pienso que es algo consanguíneo. Hay una gragea blanca aquí y una negra a su lado: ¿cuál elegir? En esta pregunta se detiene mi poder, no puede avanzar; se topa con la superficie lisa de la ficha ciega. Siento los ánimos disueltos y efervescentes a un tiempo. Nada me resuelven Sandoglobulina ni la Tetraciclina, mejor conocida como "Penicilina" —Mum asintió repetidas veces en señal de conocerla—; ninguna me cura este mal de la imposibilidad. Ni una ni otra lo perciben, no es su papel. La parálisis ante la pregunta es lo que me trajo aquí contigo, mi gentil Mum. Y, como en otros momentos, espero recibir tus sugerencias de cobalto, precisas como el desplazamiento de una flecha lanzada por los cazadores de gigantes con un ojo. Aunque no den en el blanco, son exactas en su ir yendo hacia la posible presa. En el vuelo de una flecha se encuentra una larga tradición, a la que perteneció con mayor fuerza mi padre, el señor don Incrimín del Hierro, fallecido sin razón aparente, aunque Desenfriol, médico de la corte, dijera que se le había endurecido la sangre hasta hacerse piedra el día de su muerte. Recuerdo que a las fiestas luctuosas de don Incrimín del Hierro llegaron hasta los más distantes, los rinofrenes y los dipirones, los primeros famosos por su longevidad y los segundos por su memoria prodigiosa para recordar los sueños. Un dipirón me platicó, en secreto, que había soñado la muerte de mi padre, pero que en el aire había un grito lastimero, de reproche, lo cual contradecía el dictamen de Desenfriol. Este comentario me valió la incertidumbre que todavía me conmueve.

Mum tomó del brazo al príncipe melancólico y lo llevó ante su bolota mágica.

—Espero —dijo, con la voz temblorosa y chimueluda de siempre— que obtengamos una respuesta. De lo contrario, te preparo una pócima de Passiflorine y esencia de ámbar. No te ayudará a decidir, pero al menos te hará dormitar con tranquilidad; con sólo un fuego, entresoñarás y quizá puedas recibir imágenes que te consuelen y brinden síntomas descifrables. Además, el descanso te traerá lucidez. Luego, si gustáis, vamos a cazar lobos para que pienses en otro asunto. ¿Cómo la ves, muchacho? —Mum le tronó los dedos sobre la copa de su sombrero, abrió la palma de la mano y apareció un ratón blanco, como si estuviera hecho del humo del tabaco de Drakkar. El vejete sonrió y puso al roedor en el hombro del caballero de la congoja—. Este joven que tienes en el hombro es el alma de un niño que vivió un día; por ello tiene los ojos carmesí del limbo. Es tranquilo porque nunca aprendió a jugar. Se hubiera llamado Bisturí; su madre, Tetrex, sigue lamentando su muerte. Un día, en que volví en mármol rosa a dos de sus Cibalginas, aceptó que había sido una derrota digna. Entonces, me dejó en prenda el alma de su hijo de un día. Tetrex me dijo: "Verlo así, quieto, inhabilitado para degollar estúpidos, me desconsuela. Sus ojos nimbados es lo único que me detiene para convertirlo en el vaho de una vaca en invierno. Te lo dejo a ti, Mum, y me llevo a mis Cibalginas, que de cualquier modo adornarán las escaleras". Este gesto de la gran Tetrex no lo tomes como reconciliación. Te advierto que estéis alerta, si no queréis ir a dar al leprosario. Ella desapareció con el silbido de la guardia nocturna. Ven, hijo, acércate, ya conoces la bolota mágica.

El mago la hizo girar varias veces, se acomodó su sombrero de tapa de jarabe y dijo:

—Estreptomonasín-monasín, iridus de metamusil, iridus-monasín, monasín, estreptometamusil. Que venga de las profundidades el dios Vademécum y su caterva de acompañantes.

Sin embargo, la bolota mágica sólo se miraba sudorosa y turbia. Mum repitió el conjuro una vez tras otra, hasta que entraron las horas negras del día. Su voz temblorosa, que a veces soltaba un leve silbido, aflojaba las pieles de lobo y la mesa ya no era mesa, ni la mecedora mecedora. Valium pensó que debía contener cualquier disgusto hacia el distraído Mum; no podía aplicarle la misma medicina que a Chanel. El príncipe se concentró y vino a su mente el vuelo elegante de una oca solitaria (Valium tendría unos diecisiete años), él se encontraba recostado bocarriba: figuraba un rombo azul con los brazos al recargar la nuca sobre las palmas de sus manos. El arma hacía, por su lado, junto al jovencito Valium, un triángulo combado en cuya base reposaba el rombo y el cuerpo larguirucho del preferido de Disprina. Por recomendaciones de ella, se le educó en la cetrería desde los seis años; por lo tanto, el noble ahí recostado llevaba unos diez años de experiencia en dicho deporte. Atravesó la oca sensual su mirada; el muchacho pensaba en el chiste que un día le escuchó a Zoldan: "Desenfriol llega a su gabinete, toca la puerta, le abre la puerta uno de sus discípulos (se autodenominan desenfriolitos) y Desenfriol pregunta si se encuentra Desenfriol. El desenfriolito, desubicado de pronto, le responde: ...Pero contramaestre, usted es don Desenfriol. A lo que el especialista Desenfriol contrarrespondió: ...Bueno, dígale que no estoy". El chiste de Zoldan era a ojos vista una parábola que Valium entendió en su mayoría de edad. Zoldan y Disprina gustaban de jugar naipes y apostar proeza contra eliminación de un sujeto non grato en palacio. En uno de aquellos trasnochados ires y veneres de corazones negros y rojos y de rombos y tréboles se jugó la suerte del brazo de Melox-Plus. Un full de corazones negros y par de rombos fue el costo. Cuando aún no le sanaba el muñón, Chanel dijo que hubiera valido la pena hasta con un par de corazones rojos. La respuesta de Melox fue un bofetón que le clavó dos alfileres en la lengua de Chanel, pues ella los traía en la boca al estarle midiendo a Melox-Plus un calzón atrevido que ella le había diseñado y que iba distinguiendo con alfileres. De aquel incidente, Chanel obtuvo la autorización para eliminar a Graneodín, el jorobado que había perdido la cuenta de sus víctimas". La oca dibujó una línea invisible en el cielo de la mirada del jovencito Valium. Su cuerpo, más acostumbrado a la intuición y a la respuesta ipso facto, Valium descompuso el rombo azul con rapidez, tomando el arma, que equivalía a disolver el medio rombo, se tensó sobre sus pies y, así con el blanco a sus espaldas y apuntando hacia atrás, la flecha surcó exacta, bella, esbelta, justa en su vuelo, la punta relumbrante, y pegó en el cuello de la oca de plumaje café y verde; revolotearon unas pocas plumas, la flecha desvió su rumbo y la oca volvió a dibujar una línea invisible que tendría un corte, un reparo, una hondonada, en el primer tramo. La vista del príncipe triste siguió el trayecto de la flecha. Se levantó y fue a buscarla. La encontró en un criadero de marranos. La recogió y, al probar su filo, distinguió una pizca de sangre; la frotó con el pulgar y se la llevó a los labios. Allí le vino la frase que le había dicho, en aquel tiempo, al buen Mum: "El trayecto de la flecha es limpio en su ir yendo".

—Hijo —habló Mum—, mientras vos ensoñabais, surgió de pronto una escena en mi bolota, pero de súbito se disolvió. De cualquier forma, la miré con precisión y, aunque no alcancé a descifrar lo que hablaban los caballeros Prozac El Viejo, Tramacet (rey de Acetolia) y Epacure Omega (rey de Robaina). Traman hacer la guerra contra Drakkar, el Rey Negro, y luego devastaros a ti, mi amado Valium; se encuentran ya en los preparativos. Piensan involucrar, asimismo, a Rymidil (rey de Binotal) y a Epival (rey de Robaina), pero en estos hay dudas.

—Cuando Chanel me comentó que había escuchado tales rumores no quise creerle y por ello he venido hasta ti, Mago y Cazador de Lobos. Ahora me arrepiento de haber ofendido a mi enana manca. ¿Qué me sugerís?

—Primero que nada: actuar de inmediato. Ahora prepararé una pócima que poco he utilizado, la Ajovit Optim, que borrará tus ensoñaciones, dándote fijeza mental, y os quitará la hondonada emocional, con el fin de que actúes de súbito. Os sugiero que, aliado con el Rey Negro y apoyado por tus más fieles e inteligentes caballeros Champix, Strattera y Vitacilina, prendáis a los conjurados esta misma noche, empezando por el anciano Prozac, luego a Tramacet y Epacure Omega, y los colguéis de súbito en las plazas de sus pueblos para escarmiento de las cortes pertinentes, a las cuales pondréis bajo vuestras órdenes. Respecto de los reyes de Binotal y Robaina acordad con ellos una paz en buena lid, liberándolos de los impuestos que el enclenque Prozac les sonsacaba. En medio de todo ello, buscaréis el apoyo de las múltiples noblezas para que puedas ocupar el trono máximo de Prozac, nombrando como tu secretario ejecutivo a Drakkar quien, por su negrura, sería abucheado por el populacho y no pocos nobles, pero tendréis en segundo orden al Rey Negro para mejor las transacciones con África que, viéndolo bien, siempre es un peligro hacia futuro; de esta manera, cerraréis la cuña contra los Amarillos, los Morados y los Prietos; pero no se os olvide: siempre con benevolencia y mano ligera; no os conviene abrir frentes múltiples porque, al final, caerás y no tendrás la suerte de la oca con que soñabais, la cual sólo fuera herida y volvió a cobrar vuelo. A ti te cortarían la cabeza más temprano que tarde.

"Por último, pero no lo menos importante, eres un rey soltero, lo cual se ha visto mal desde los egipcios y luego de estas múltiples acciones de intriga y guerra, en la cima del pináculo, tendréis a la mejor dama que pueda acompañarte en tu multirreinado. Mientras miraba en bolota la conspiración, al fondo de la sala, tras el cristal de una ventanilla, logré descubrir el rostro de una dama y supe que se trataba de la princesa Sebryl por sus gestos de enojo y riña. En su mirada, a pesar de la oscuridad que la protegía, logré verla caminar, tomada de vuestro brazo, con la corona de vuestra sangre. Ella es la indicada.

—Pero…—dijo Valium.

—No hay pero que valga, como dijo Sócrates cuando su alumno Platón quiso contradecirlo a propósito de que su maestro sería juzgado y Sócrates permitiría ser llevado al patíbulo, aunque entonces no hubieran inventado el patíbulo. Ese será inventado dentro de cuatro siglos. Si este argumento no te convence, te daré otro…

—No, mi querido Hechicero y Cazador de Lobos, tus palabras han sido elocuentes, pero…

—¿Otra vez ese pero?, hijo mío. Prepararé la pócima Ajovit Optim, la tomarás y verás si Sócrates tenía razón o no; ni el mismo Platón se opuso, aunque, un tanto terco como tú, luego de la muerte de su maestro escribió una defensa que ya no venía a cuento, pero en todas las escuelas obligan a los muchachos a estudiarla sin necesidad alguna, según mi opinión. Me parece mejor que profundicen en las claves de Heráclito, quien, como tú, también fue un noble, pero con la cabeza bien puesta, aunque haya ido a Egipto subrepticiamente a llevar a la

Hélade ideas como suyas; pero no fue el único y eso lo perdona la historia del pensamiento; es más, hemos perdonado a toda Grecia por su hermetismo en torno al apropiamiento del cosmos de ideas tomado de otros pueblos, pero en principio del egipcio. Como veo que tienes todavía cara de what, procederé a prepararte tu pócima. Acompáñame.

Fueron ambos hacia otra habitación del antro del Cazador de Lobos, donde había una gran cantidad de instrumental, botellas lánguidas con líquidos de diversos colores, extraños animales disecados sin trozos del cuerpo y botellones múltiples con hierbas y otros con minerales. Ante su mesa de trabajo, el Hechicero trajo un poco de todo, en un mortero los mezcló y, luego, tomándolo con unas largas pinzas de metal cobrizo, bajo un mechero, los fundió. Llevó el mortero bajo una pileta de agua, salió un poco de humo que el mismo Hechicero aspiró…

—Está en su punto, mi amado Valium…

El caballero Valium no dejó de mantener una de sus cejas arqueadas en todo el tiempo, incluso cuando el viejo vertió el líquido espeso en una copa de oro, la volvió a olisquear y se la tendió a su compañero.

—Tómatela de súbito, no te sabrá mal, pues le he puesto esencia de durazno y será como si te tomaras una malteada aunque nadie en el mundo conozca las malteadas ni sabrán, cuando las degusten, que yo fui el inventor…

Valium, como su nombre lo indica, con valentía agarró la copa y la bebió de un solo envión. En cosa de treinta segundos su cuerpo encorvado se vio erguido; su mirada alicaída se trasformó en ojos luminosos, atigrados. Su piel, casi amarillenta, cobró la tersura de un durazno y el color de la amapola se apoderó de sus mejillas. Desenvainó su espada e hizo con ella varios juegos, dibujando una rosa de los vientos; la guardó y, con gran agilidad, saltó hacia distintos sitios, dando volteretas, hasta llegar a caminar varias veces, dos o tres pasos sobre el techo del albergue del Hechicero. Dio, por último, tres giros de cuerpo completo en el aire, cayendo de pie en posición de ataque. Se acercó a su viejo amigo y dijo:

—Mientras caminaba por el techo, por extraño que parezca, he visto las cosas del mundo al derecho y, en ese caminar, he visto a la princesa Sebryl tal y como tú la describiste: mirando la trama maldita del otro lado del cristal y luego caminando de mi brazo con su atavío de bodas majestuosas. Así que, manos a la obra, a descabezar a conspiradores.

La risa del Cazador de Lobos quizá se escuchó hasta el centro del bosque que rodeaba sus aposentos y habrá despertado a los animales nocturnos. Y, de pronto, se detuvo. El silencio fue profundo y ambos hombres se miraron a los ojos y luego se abrazaron. Sin saber cuántas monedas de oro traía Valium en su talega, se la entregó tal cual a su amigo, quien no la quería recibir.

—Padre adoptivo —dijo el rey Valium—, acepta, por favor, esta minucia y manda a arreglar esta estancia, cambia de muebles y cómprate una vajilla principesca y todo lo que sea necesario, para que una vez destrozada la revuelta, vengamos a cenar contigo mi prometida y yo, tu hijo. Te sugiero que tengas preparada otra pócima como la que me has dado a beber para que ella la deguste y podamos estar encerrados en mis aposentos mínimo durante una semana, haciendo e inventado cabriolas sexuales.

—Primero es lo primero, hijo, como dijo Sócrates, aunque le atribuyan la frase a Epicuro, pues una vez discutiendo con Platón, su discípulo…

—Callad, Cazador, que la sedición espera el descabezamiento.

El Hechicero, al final, se quedó con la talega y se despidieron. Antes de salir Valium, dijo:

—Mañana os mandaré a un joven cortesano, el cual tiene un pequeño laboratorio de hechicería tibetana y, creo, ambos podrían hacerse compañía. Así tendréis un discípulo como lo tuvo tu amado Sócrates…

Se dieron un abrazo y Valium salió hacia la noche más prieta. En esa oscuridad cerrada, sólo se escuchaba el trote severo de un caballo que se internaba en un aire pleno de interrogaciones. Ese caballo célebre llevaba por nombre Mejoral.

***

Berta Inés terminó de leer su texto y dijo que la próxima clase llevaría lo que faltaba, otras diez páginas más o menos. Todos pusimos cara de "qué te pasa" y el que habló fue el maestro Leal, diciéndole que el relato, de hecho, ya estaba terminado, pues los planes que realizan Valium y el Hechicero incluyen ya los sucesos que se van a llevar a cabo y volverlos a contar sería reiterar lo narrado; incluso, logras que la celestina del relato, la enana manca, resulte una buena celestina y la reivindicas. Es de esperar que ella y su marido, por lo tanto, sean enaltecidos por Valium y se espera, asimismo, que participen contra los insurrectos. Y es correcto, además, que en la parte final del texto sea el rey quien adopte como padre al Hechicero. En general, excepto algunos casos, los hechiceros son más bien utilizados por el poder cuando el poder lo tienen ellos. Así que ahí déjalo, dale una mano de gato y no repitas lo ya contado. Sería, como les comentaba al principio, mandar un memorando que sólo sirve para constatar que ya se hizo lo que se hizo lo que ya se hizo y así hasta el infinito. Bueno, nos vemos la semana que entra y les repito que no lleguen tarde.

Voy hacia delante y hacia atrás

Por mucho que me gustara, no podría traer a todo el mundo conmigo a esta jornada llamada recuperación del infinito. No estoy siendo desleal al permitirme seguir adelante y haber logrado atravesar las paredes y leer la mente de las personas o, cuando son muy ominosas, descifrar sus cuerpos. No tengo por qué renunciar de mis andares hacia la montaña, irrumpir en la cueva para conversar con mis nuevos amigos y tener conversaciones con ellos sobre los prodigios que están a la mano de todos, pero que esta sociedad de aparentes científicos y politiqueros mantienen en la opacidad y la confusión sin la capacidad de perseverar un país dentro de los límites de la mesura y luego volver a mi casa antes de que amanezca para que los que amo decidan seguir siendo los insustanciales perpetuos ocultos bajo las falsedades que han aprendido y siguen incrementando. No hay ningún ciudadano de este país que exprese la verdad; intuyo que, inclusive, la han olvidado. En estas circunstancias, mucho menos podrán introducirse en los portentos con que hemos nacido. Sólo se preocupan cuando sus circunstancias materiales se encuentran en peligro; y por ello han permitido que los patibularios, salteadores e inmorales dominen este territorio.

A veces necesito darme a mí mismo permiso para transitar por la senda blanca para no haber nacido con el solo fin de ser sepultado, aunque la gente que amo no tenga la clarividencia para cambiar sus "finalidades", aunque no comprendan que yo no pretendo ningún final, ningún colofón. Puedo verme orillado incluso a dejar atrás a las personas que amo con sinceridad dentro de sus disfunciones, o en su sufrimiento, porque no alcanzo a resucitar por ellas. No tengo, y en rigor esto sí lo entiende la gente más que un ánima y, por consecuencia, una esencia; no puedo partir en dos ninguna de ellas. No necesito sufrir con ellos y no se trata de indiferencia. En todo caso, cada quien es dueño de su padecer.

No sirve de nada.

No sirve de nada quedarme atascado en un sarcófago, aunque ya he residido en él muchos años, sólo porque alguien que amo está atascado en su ataúd. El potencial para socorrerlo es mucho mayor cuando me desapego, subo las escaleras eternas para bajar por las infinitas y trabajo, de esta manera, en mí mismo y dejo de forzar al otro, a la otra, a los otros, aunque sean mis hijos o familiares cercanos o grandes amigos, a que levanten la tapa y pongan el pie en el primer escalón, junto a mí o junto a ellos mismos. No, de nada sirve. Además, las escaleras pueden irse desvaneciendo y los muros volverse intransitables. Yo provengo de Alepo, hoy segunda ciudad más importante de Siria hacia el norte; conocida en la Antigüedad bajo la denominación Khalpe y llamada por los antiguos griegos como Beroea y denominada, en general, como Halep. Como mi familia era de origen judío, tuvimos que emigrar hacia Chipre y de ahí a Santander, España; cuando se inició la persecución y la expulsión de los judíos en Iberia, decidimos convertirnos al cristianismo y adoptar el apellido de un santo católico: San Pedro.

Cambiar yo mismo, permitirme crecer subiendo por el árbol que nadie ve, pero que llega más allá de las nubes y del sistema solar y demás sistemas, mientras otros buscan su propio camino aquí, en un terrenito, a veces por muy grande que les parezca a muchos, es como tengo entendido que puedo dar más beneficio para la gente que amo. Y si un día me transparento ante sus ojos, me buscan en mi catafalco y no me encuentran, no será problema mío. Soy responsable de mí mismo en lo tangible y en lo intangible. A quienes amo son responsables de sí mismos, de sus paredes ultrasólidas, de su mundo sin escaleras hacia el borde del universo aunque ahí estén a su disposición, sin árboles para mirar desde ellos los otros universos. Los dejo ir y dejo transparentarme por el camino blanco, sin necesidad de ver la alborada. Hay una historia que no es más que una interpretación para algunos y un mito para otros, pero el tiempo en que nadie supo dónde se encontraba Jesús desde su adolescencia hasta su madurez, fue debido a que subió por ese árbol que sólo pocos distinguen y que allá, en algún lugar del infinito, recibió de su padre espiritual las enseñanzas que vino a impartir a la tierra de mis excompatriotas, bajando por ese mismo árbol.

Hoy, como en días anteriores, afirmaré mi derecho a crecer y a cambiar, aunque alguien a quien ame pueda no estar creciendo ni cambiando junto conmigo ni esté en su mente lo que yo tengo en la mía. Aunque habitemos la misma casa, compartamos los mismos alimentos y no vuelva a verme nunca más. Aunque estemos acostados en la misma cama y no distinga que la otra almohada sostiene mi cabeza. Si se lanza por la ventana buscando su respuesta verdadera y cae en la banqueta desde este séptimo piso, hundiéndose en aquella zona de la tierra negra de donde nunca se regresará ni siquiera para enterrarla como es debido y comparta allá abajo con las entidades más espeluznantes que nunca haya imaginado, llevando una vida-muerte más trágica que la que supone en estas planicies y montañas, mi cabeza seguirá haciendo su hueco en la almohada, aunque el hueco de la otra almohada se quede vacío para siempre. Al llegar la noche de ese día, regresaré a la montaña, entraré a nuestra cueva y ahí departiré con mis nuevos amigos, algunos de los cuales son mis maestros y padrinos.

Miguel Burgos

Miguel abrió el libro en cualquier página; encontró la noche cuando el filo de la luna se había disuelto. Buscando estrellas, intentó dar vuelta a la página y su mano se hundió en la nocturnidad. Intentó sacarla de inmediato, forcejeó un buen tiempo hasta que, al distanciar el brazo de la página, se dio cuenta de que sólo le quedaba un muñón y en absoluto nada de palma de la mano y, claro era, ningún dedo. Salió de su casa de inmediato, el terror le rondaba la cabeza y el cuerpo, además de que había perdido la mano con la que escribía y dibujaba; iba hacia el consultorio del médico de las nocturnidades y encontró allí a dos personas. Esperó a que pasaran una mujer con media pierna hasta la rodilla y, frente a Miguel, se hallaba un hombre al que le faltaba un tercio de cabeza de un ojo con todo y ceja hasta parte del cráneo como si alguien, de boca enorme, le hubiera dado una mordida.

Ya que el doctor Góngora atendió los dos casos anteriores sin resultados sorprendentes, hizo pasar a Miguel de apellido Burgos y lo sentó en un desgastado sofá de cuero gris. Miguel vio que, agachándose un tanto, el médico miraba hacia el muñón con un telescopio de tres lentes instalado en la cabeza con un resorte de tela, además de que el aparato lanzaba una luz leve; sin despegarse el aparato de la cara, el doctor Góngora se incorporó. Miró hacia la pared donde colgaban una buena cantidad de diplomas y reconocimientos. Se puso a caminar breves pasos, se tomó la barbilla como pensando y de vez en cuando veía al muchacho. Hasta que al fin pareció tener la solución y dijo, cercano a un oído del joven y con voz grave y un poco grandilocuente: "Usted, Miguel, pasará a la historia de la humanidad con el sobrenombre de *El Manco de la Noche de Lepanto*".

Y agregó: "No importa que vivamos en la Ciudad de México y en un barrio de poca monta donde lo más que sucede es que amanezcan cortadas cabezas y pies, vueltos ya amarillosos debido a la ausencia de sangre. Usted, Miguel Burgos, tuvo la fortuna prodigiosa de que perdió la mano en boca de la noche o, tal vez, de la luna y este suceso, Miguel, es ya parte de los anales de lo maravilloso y no del latrocinio. El señor que usted vio en la antesala perdió ese trozo de cabeza en una mordida al asomarse en la oscuridad de un antiguo ropero y la señora extravió la pantorrilla con todo y pie y zapato al quedarse dormida, del lado de su oscuridad, en una indecorosa banca del parque. ¿Qué sobrenombres memorables, históricos, podríamos darles a ambos? Ninguno, amén del ridículo, por ejemplo 'La coja dormilona' y 'El mordisqueado por el viejo ropero'. En cambio tú, Miguel Burgos, además de llevar un apellido de alcurnia como yo, estás ya asociado con las artes mágicas de la noche y la luna, aparte de favorecido, pues estás ya en la historia con Hache Mayúscula".

"Ahora, lo que tienes que hacer es ponerte a practicar con la mano izquierda unas tres horas diarias. Y cada tercer día vendrás a mi consultorio a fin de ponerte una inyección de *escriturina magnum* con el propósito de que logres escribir más pronto y compongas, además, *El Quijote de la Mancha en Nezahualcóyotl*, ¿okey? Pero debe ser tu Quijote, el Quijote de Neza y nada más. Nada del otro Quijote que resultó ser el mismo del que habla Borges; nada más sencillo que escribir un microcuento paradojal para dejar con la boca abierta a los imbéciles. Jorge Luis Borges escribió textos para burlarse de sus lectores y otras prosas que sus mismos lectores todavía no entienden y esos son los buenos, pero ya tendrás tiempo, tú sí, de descifrarlos. Cuentas conmigo. ¿Entendido?"

Miguel se puso en pie, sonriendo y usando su mano izquierda para socializar por primera vez con la mano izquierda; se despidió del médico, quien le dio una palmada cariñosa en la espalda. El joven, favorecido por la luna o por la noche, se fue pensativo hacia su casa. Sentía que aún portaba la mano derecha. Se dijo que era una sensación medio extraña. Las lágrimas le empezaron a brotar y no supo por qué si lo esperaba un futuro tan brillante.

2. ¿Te acuerdas, Julia?

se peinaba

se peinaba con gusto ese cabello pelirrojo hasta la cintura en pleno olvido, se peinaba ese cabello pelirrojo para regresarle su representación inicial, se peinaba con exactitud, se peinaba desde el medio, se peinaba desde las raíces hasta las puntas ese cabello pelirrojo, cada vez que estaba a punto de terminar, intervenían las puntas de los dedos para el acomodo de algunos rizos coquetos hacia la frente o para cubrir medio oído y dejar desnudo el otro, se peinaba de un lado y del otro el pelo pelirrojo, se peinaba como si fuera la primera vez, se peinaba con picardía aunque nadie la estuviera mirando, se peinaba ese cabello pelirrojo hacia atrás, dejándolo liso con el fin de que alcanzara la cintura, aunque por el frente el cabello pelirrojo le llegara al hombro a veces con torcidos y otras como lancetas, se peinaba y se peinaba para dejar fuera también los hombros a la altura donde, al centro de los senos, éstos dejaban una línea vertical mate, se peinaba el cabello pelirrojo para que hiciera un latido mismo con los zapatos de tacón guindas con una leve abertura al frente que permitía manifestar tres dedos limpios y frescos cuyas uñas, recortadas dejando un filo mínimo fuera, iban pintadas de púrpura, daba el último retoque con su cepillo a los rizos pelirrojos que festejaban su piel blanquísima, dejaba el cepillo sobre uno de los brazos del sofá granate aterciopelado, daba un paso y venía a sentarse sobre mis piernas, le metía las manos entre su cabello pelirrojo, con suavidad se lo iba despeinando una y otra vez, ella sonreía y, con voz apenas aguda, acercaba sus labios pintados de violeta a mi cuello, como las flores de la jacaranda, y manchaban mi camisola blanquísima y luego mis labios, me descorría la corbata y desde ese momento reiniciaba otro olvido para ambos

Ángel o persona

Ella se encuentra, desnuda, al fondo de un cuarto de vientos oscuros y tintes naranjas; está sentada en un taburete blanco, y del piso surgen aletas de tiburones jóvenes que la rodean sin atacarla.

Las alas de la joven empiezan blancas y terminan rojizas; tiene las piernas juntas, los brazos cruzados y mira hacia su izquierda. Se nota un seno completo y el otro velado; reflexiona indecisa.

Sus ojos están cubiertos de un cabello rubio y castaño que deja ver una nariz breve y recta, labios carnosos, barbilla redonda. La toma una cierta incertidumbre que cubre cada parte de su cuerpo. En el techo hay un aparato azuloso con distintos círculos amarillos que alumbran su cabellera.

Lo profano de su posición, las tribulaciones del vendaval oscuro, los giros de las aletas de tiburones adolescentes, su mirada baja; la necesidad de cubrir su desnudez tal vez sean signo de terrenalidad futura o de abandono de la gran deidad o de pecados inevitables.

De cualquier manera, persona o ángel, yo me enamoraría de ella.

Petirrojo obnubilado

bajo la influencia de Mahler y Berg

El pájaro petirrojo se obnubila ante el espejo. El petirrojo es primo del petianaranjado y es cómplice del petinegro en días de flojera. El petirrojo pone huevos rosa mexicano. El petiazul nació en el mar y es el ángel del pez volador. Pamela Joanie, zoóloga belga, opina que el petiazul no es más que un sueño del pez vela. Lo extraño, dice, es que el delfín tenga sueños petiazulrey. Las palomas atraen, por lo general, a los petirrojos, cuenta una leyenda de la dinastía Tang. El petirrojo se pone más rojo cuando está cerca de ti y para quererte esconde las alas. De mi corazón y del centro de mi cuerpo vuela el mismo petirrojo hasta el mirlo de tu entrepierna. Le gusta arrecholarse cerca de tu cuello y en tu negro pelo centroamericano. De pronto, las alas del petirrojo son mis labios y cuando te beso se convierte en tu lengua. Cuando está demasiado tiempo en ti, el petirrojo se obnubila, pero reposa contra tus senos. Se duerme soñando en un pez vela, desmintió Jerome Tarkosky, el ruso que sabe mucho sobre los sueños de las aves. Es más, apuntó, los peces vela que saltan sobre las olas verdeazulencas son sueños que se quedaron a vivir en los océanos. El petirrojo comienza por sonrojarse y luego se detiene sobre el árbol de tu espalda. En esos momentos es muy inquieto y un tanto terco. Pero alguien, una mujer dormida, dijo entre sueños que existe sólo cuando asoma la aurora.

Neuchâtel

Rodrigo se encontraba en su habitación. Mirando por la ventana las varillas gruesas de una construcción al fondo, entre la bruma. Más cerca y con leve neblina, hacia su derecha, las torres de la iglesia de ladrillo quizá de unos dos siglos atrás, pues Neuchâtel había conservado bien su arquitectura a pesar de la segunda guerra mundial. Esta ciudad y las que rodeaban los dos grandes lagos que se comunicaban por un angosto río, por tradición, habían recibido extranjeros, lo que sucedió también en la última guerra mundial.

A un lado de la iglesia, una serie de casas de dos pisos y techo de dos aguas, también de ladrillo. Al fondo, se extendía el amplio lago gris plata y no se alcanzaba a ver la orilla de enfrente, la sepia de Saint Pierre. Entonces, Rodrigo se preguntó: ¿se llamaba Mercedes, María de Lourdes, Rosario de la Santísima o Remedios, Concepción del Primer Día?

Al terminar su pensamiento, surgió en su cuarto un aroma a alelíes, casi sólido, unido al olor de lilas, lirios del bosque, agapandos, y floreció una mujer trigueña clara, cuya expresión poco decía, pero cuyos ojos casi todo lo expresaban.

—Qué susto me has dado —dijo él—; ¡pensé que no volveríamos a vernos!

Ella sonrió ligero como dando a entender que ella cumplía sus promesas.

—Ninguno de los nombres que pensabas me pertenece. Es mucho más sencillo y no pocas mujeres lo llevan, sobre todo en España: me llamo Milagros y creo que éste incluye los que imaginabas.

—Vamos —dijo Rodrigo, tomándola de la mano—; nos espera el lago brumoso, el que da calma, como dijiste —y salieron.

Bajaron por las escaleras del hotel a petición de ella.

—Tú no podrías bajar —dijo ella— por donde he subido a tu habitación.

—Supongo que no, pero tampoco quiero saberlo. Las cosas del misterio y los milagros, como te llamas tú, son asunto de ellos mismos y de quienes les pertenecen, como tú.

—Qué bueno que no deseas investigar —agregó Milagros.

Pasaron junto al recibidor donde no se encontraba nadie, salieron a la bruma; tomados de la mano, anduvieron un buen trecho hasta la orilla del lago, casi donde se encontraban las barcas. Allí tomaron asiento en una de las muchas bancas que, con seguridad, se usaban en primavera y, sobre todo, en verano.

Ella lo abrazó, lo besó, le metió las manos bajo sus ropas hasta su piel y se la calentó, lo despeinó bajo su capucha invernal, le hizo un poco de cosquillas tras los oídos, le recorrió la cara dibujándosela sección por sección hasta llegar a su nariz recta por la cual bajó su dedo índice hasta los labios, le introdujo el dedo que él beso y sorbió. Rodrigo abrió los ojos y ahí estaba Milagros y sus labios muy cerca de los suyos; se reunieron, se investigaron, se rejuntaron, se apiñaron, se acoplaron, se ensamblaron, se aglutinaron y soldaron por más de una hora, sin que Rodrigo sintiera frío, ni la bruma ni la leve lluvia.

Milagros se puso en pie, lo tomó de la mano, él se levantó y caminaron juntos hasta la orilla del lago; allí, a unos treinta metros, se encontraba una lancha. De súbito, Milagros dio un paso hacia el agua y Rodrigo pensó como le harían para nadar con todo y ropa y no le importó, pero Milagros se encontraba de pie sobre el agua aunque ésta tuviera un poco de marea y nada de hielo que la sostuviera; ella sonrió ligero y con la mirada lo invitó a que la siguiera y, aunque él pensó que se hundiría, ya que no pertenecía al mundo de ella ni era rey mago, dio el primer paso y sintió que algo suave, como una esponja, lo sostenía y, tomados de la mano, caminaron hasta la lancha, casi un medio yate.

Ella la abordó primero y luego Rodrigo; de inmediato, Milagros la echó a andar y la llevó hasta el centro del lago, donde quedaron en medio de la bruma. Ella bajó unas escalerillas, seguida por él; fue directo hacia lo que parecía una salita de estar. Rodrigo tomó asiento en una especie de reclinatorio, mientras ella servía coñac en dos copas; se sentó en las piernas de él y brindaron por la bruma, el lago, Neuchâtel, la llovizna, las nubes ocultas, la sombra que apenas los cubría, la confusión de Rodrigo, la claridad de Milagros, por la sinnecesidad de palabras, por el ligero oleaje que los mecía, acunaba, los ondulaba, en medio de algo parecido a un sueño, una quimera, una ilusión, un ensueño, una fantasía, un espejismo, hasta que, acurrucados, terminaron de beberse sus coñacs.

Y Milagros se puso en pie, lo jaló de una mano de manera fuerte para que Rodrigo se desadormilara y lo llevó a una breve habitación, encendió una leve luz y accionó un ligero calorcillo; entonces, se fue desvistiendo y, a medida que cada ropa volaba y caía al piso, él fue asombrándose, impresionándose cada vez más y más, subyugándose, fascinándose, hincado, deslumbrándose, maravillándose, extasiándose como si una estela nocturna acuatizara ante él.

—Ven, mi amor —dijo ella.

Rodrigo se puso en pie y ella, con sólo quitarle el abrigo, ya lo tenía en una desnudez luminosa como nunca se había visto. Fueron hacia el único camastro de la habitación; Rodrigo llevaba ya, desde hacía un buen momento, una erección inevitable como la humedad de Milagros. Se unieron y cobraron diversas formas de hacer el amor tanto occidentales como japonesas, árabes y chinas, como si el tiempo no pasara; él percibió las veces que ella había tenido orgasmos y las eyaculaciones que a él se le fueron encadenando de forma milagrosa, hasta que los movimientos se fueron volviendo lentos y, por fin, se quedaron dormidos.

Casi al amanecer, Rodrigo se despertó y se encontraba solo en la habitación; fue hacia la salita donde estaría Milagros, pero no la encontró. Revisó cada lugar de la lancha, casi medio yate, pero no la encontró; ya volveré a verla, pensó, pero mientras tanto debo regresar al hotel, preparar mi maleta, tomar el tren y llegar al aeropuerto con tiempo. Recordó cómo Milagros había echado a andar la lancha; hizo lo mismo y, de pronto, ésta ya estaba en marcha; la manejó hacia el embarcadero, pero de pronto se detuvo casi en el mismo lugar de donde habían partido. Pensó en regresar caminando sobre el agua, pero en esta ocasión no estaba Milagros; así que bajó por la escalerilla, puso el pie sobre el agua y sintió como si una esponja lo sostuviera. Así que caminó hasta la orilla del lago, anduvo por las calles de Neuchâtel, preparó su maleta, degustó un breve desayuno en el hotel, tomó el tren que estaba a unos pasos del hotel. El tren lo dejó muy cerca del aeropuerto, subió a su avión hacia México. Tomó un par de revistas y un par de diarios en francés, llegó a su asiento; se puso sus audífonos musicales y eligió una estación que emitía música sacra. Le echó un ojo a una de las revistas, se aburrió y tomo un diario. Miró la primera página y ahí venía la foto de Milagros, más precisamente Milagros Arjona, joven cercana a la corona española, quien el día anterior había tomado los hábitos, forzada por la familia, según informaba el articulista; la familia argumentaba que Milagros era una santa pues desde que era una bebé realizaba milagros y que por ello le habían puesto ese nombre, y que el sitio natural de una santa era un convento, en su caso, el mejor convento de España; por su lado, Milagros replicaba que lo que ella hacía no podían llamárselos milagros, sino magia, que era todo lo contrario a la milagrería. La magia, insistió la señorita Arjona, es de los magos, de los iluminados, incluso hasta de los brujos; que ella era heredera de los prodigios de los siglos XIV y XV y que, además, ya estaba comprometida con un señor mexicano y que no dudaba que más temprano que tarde se reencontrarían, aunque él no lo supiera.

El Parque de la China

Atardecía, las nubes grisáceas se habían extinguido y la claridad del sol iba descendiendo. Nos encontrábamos sentados en una banca del Parque de la China, rodeados de árboles de distinta procedencia, pero ninguno de la China; esto no quitaba que el parque, sus caminos y sus bancas no fueran agradables, además de que allí nos encontrábamos tú y yo mientras el ambiente se hacía confuso y los tonos grises se iban desperdigando hasta que estuvieron entre nosotros. En ese momento me nacieron ganas de darte un beso en los labios semiabiertos, pero antes quise ver tus ojos verdes y de pronto se volvieron grises y ese gris se expandió por tu mirada y allí observé un territorio descampado en el que había sólo un árbol sin hojas y con ramas secas; observé que te encontrabas al pie de ese árbol y ante un taburete. Traías en la mano una cuerda gruesa que enlazaste en una de las ramas más robustas; en el otro extremo de la cuerda tenías preparada una lazada oval que pusiste en tu cuello. Te encaramaste al banco, surgió una sucia luz verde intensa de tu mirada y luego taconeaste el banco. Tu cuerpo colgó de tu garganta, pataleaste un momento y, antes de quedar inmóvil, regresó la niebla, la tonalidad gris en tus ojos y luego la verde, una sonrisa en tus labios se acercaba a los míos y yo alejé mi cara de la tuya.

Me puse en pie, te di la espalda, caminé hasta el fin del Parque de la China, alcancé a escuchar tu voz que no sé qué decía, crucé la avenida y no volví a verte nunca más. Un mes y medio después de aquella tarde supe por voces que pasaron por oídos que pasaron por voces que te habías colgado de la regadera de tu casa y esas mismas voces que pasaron oídos y se convirtieron en voces que comentaron que ya lo habías intentado en otras ocasiones y tal vez el demonio o mi inevitable clarividencia heredada de mi padre me permitió aquella visión ya distante, aunque no te dejé de amar hasta que supe el asunto de la regadera y entonces sí me permití el luto por ti, por nuestro amor y me puse a llorar de manera inmoderada, frenético.

Diminuto aerolito

Un ancho círculo negro sobre un cuadrángulo blancuzco y a veces gris; sobre el círculo, las incisiones de un pubis de una mujer de caderas anchas o demasiado buenas en color magenta. Hacia arriba, una luna azulosa con una mancha naranja.

Enfrente de esta imagen, el hombre está recostado en una cama de colcha verde limón; la mujer de caderas anchas entra en la habitación. Se recuesta al lado del hombre y le dice: "¿Quieres hacer el amor otra vez?".

El hombre le da un buen trago a su mezcal, fuma del cigarro marca Faros, exhala un largo túnel de humo que expande entre los senos de la mujer y ella intenta inhalar un tanto de humo.

El hombre extiende una mano, la que no tiene el Faro, y mete sus dedos entre la humedad del pubis de la mujer y le dice: "Será mejor, mi vida, que alumbres el círculo negro…".

La mujer, de caderas anchas, piel trigueña y cabello pintado de púrpura, jala una cadenita. La lámpara arroja de inmediato su luz y se acompaña de la luna azulosa que tiene una mancha naranja.

Al girar, la mujer muestra sus senos bien dotados, se pone las manos bajo ellos y los levanta, ofreciéndoselos al hombre que aspira su Faro y, presionándolo con los dedos pulgar e índice, lo lanza por la ventana abierta y la bachicha semeja un diminuto aerolito en la oscuridad de la callejuela.

La mujer sólo se quita la bata y pone su cara en la colina del cuerpo del hombre; él estira la mano hacia el buró, toma los Faros y enciende otro mientras mira las incisiones del pubis y las caderas anchas color magenta.

la playera amarilla

me recuesto sobre un pensamiento de benignidades donde la floración del ensueño se despliega como un delicado desierto de sensaciones ambarinas que me llevan a soñar que me recuesto sobre un pensamiento de compasiones donde la cara de una mujer linda se mira al espejo y descubre que a lo lejos detrás de su cabello rubio flotan nubes azules con forma exacta como si una niña los hubiera dibujado veinticinco años atrás y allí se sostuvieran en tal sueño de leves eternidades que vinieron de aquella ya distante explosión universal desde la que se gestaron galaxias de formas imposibles o posibles pero intrincadas y cuando la niña dibujaba aquellas nubes siempre quietas y azules de crayón era como si repitiera aquel acto tan distante que los científicos supraexactos equivocan la fecha por billones de años luz de linterna que alumbra bajo el sótano de la casa de madera y allí brillan el par de ojos dorados como soles diminutos si se toma en cuenta cualquier sol de los que giran y giran sobre benignidades aunque no existan floraciones ya que los soles diminutos son de la mirada de un tejón asustado bajo la casa de madera pero plenos de magnanimidades que se gestaron por sí mismas o tal vez por la mano translúcida que causó la explosión primera si es que fue explosión y tal vez la eternidad es así sin pasado ni presente ni futuro y sin arriba ni abajo ni a un lado ni al otro en fin sin estrellas de señalamientos pero es indudable que los desiertos se extienden hasta que la vista de la persona que va montando el camello no logra mirar el más allá del más aquí y supone que se trata de un mar sepia y que luego vendrá otro mar sepia y otro mar sepia y quizá luego de casualidad un río donde cocodrilos e hipopótamos en plena calma fondeando el agua esperan a la víctima y se lanzan sobre ella como si el pescador fuera una batida de soldados de la edad media que desean atacar a los animales pero la mujer linda se encuentra ante el espejo del río y allí descubre que en el fondo donde en apariencia sólo existe lodazal hay un hombre de cabello entre rubio y casi pelirrojo y lleva una playera amarilla con letras que dicen the velvet underground & nico calzando unos tenis verdes y a la mitad de su cuerpo pantalones de dril negros y el hombre va subiendo con parsimonia hasta que cruza el espejo y se encuentra con aquella mujer linda sentada en la silla de filigranas breve que heredó en su cuarto para la eternidad y se miran una al otro y uno a la otra y se recuestan sobre un pensamiento de benignidades que es el mismo en la mente de ella y en la de él quien no es un soldado medieval lo cual es notable debido a su playera

Abrazo casiopeico

Mi casiopeica Nena... primero que nada te manifiesto mi gusto del movimiento de cebada que se reclina hacia el sol terrestre y tanto tú como yo concurrimos sentados sobre un pasto ya color lima y miramos el medio gran círculo un tanto naranja de una súbita aurora boreal medio naranja que alcanza varios kilómetros de altura y ambos pensamos que esas auroras, como ciertos atardeceres, son un regalo que antepasados nuestros, millones de tetramillones de años luz atrás, habían puesto sobre este planeta habitado apenas por aves grises y lagartos huidizos, un poco para dejar un tanto de sonrisa a esta gran soledad...

Cuando al fin aparecieron los terrestres y nosotros fuimos consignados a otorgarles los vínculos, de pronto, aunque a una la pusieron aquí y a otro allá, cuando al fin se encontraran, sin importar la distancia, en ambos se despertaría con más fuerza lo anaranjado de su galaxia; entonces, casi sin pensarlo, su interior se llenaría de un tono rubí naranja que despertaría en ellos una mirada de naranja amarindada...

Tus ojos y los míos, al verse, se leen por completo su recíproca interioridad, lo cual ya es el principio de nuestro abrazo porque tú estás dentro de mí y yo de ti primero con la mirada; con ese íntimo y profundo vistazo encarnado nos empezamos a comer con el vislumbramiento, siempre naranja rojiza. Tú, Alicia Elena, levantas los brazos y tocas esa luminosidad y yo los levanto y allí los pongo a unos milímetros de tus manos casi amarindadas como las mías y, entonces, hacemos el contacto con las envolturas, las pieles de nuestras manos que ya casi son dos partes del abrazo; percibimos de inmediato el cosmos distante, el de las explosiones mandarinas, que nos conmueven los cuerpos y entonces vemos y no vemos a través de nuestras miradas anaranjadas, pero ya poco a poco, cada uno, percibe cierta ingravidez que nos transmitimos y no nos hemos percatado de que tú ya te encuentras entre mis brazos y yo entre los tuyos.

Ambos percibimos esos aromas de frutos tan distantes que nos llegan a años luz de nosotros; recuestas un poco, de forma ligera, tu cabeza sobre mi hombro y yo acaricio tu cabello brillante, lumínico, percibiendo una energía que no es de este planeta y tú la sientes, igual de potente, desde mi mano que te acaricia tu sedosa testa... Giras hacia mí tu cara y yo hacia ti la mía y tus labios de lima y los míos de lima se estrechan, sabiendo que estamos ya en un viaje casiopeico, sin tocar nuestros pies esta Tierra, mientras nuestras bocas se impregnan de energía una de la otra y nuestras lenguas conversan en realidad al encontrarse entre ellas y nuestros labios lo mismo, generando una boca única, fundidos en la levitación, en tanto nuestros cuerpos se estrechan, se ciñen, se cercan, se apremian, ajustan, se meten.

Y como ambos somos hijos de la horizontalidad ingrávida, nuestros cuerpos levitan y se colocan en lo nivelado, los abrazos empezarán su movimiento casiopeico, en el que ambos, de por sí, extraviados, nos comenzamos a perder uno en el cosmos del otro y, ya infiltrados, ambos infinitos de ambos comprendemos ya la capacidad de su infinitud y te extravías tú dentro de ti y yo en tu interior, Nena, mientras los habitantes del entorno no comprenden de dónde surge tal trepidación...

Luego de las explosiones de las mandarinas y sus respectivos néctares, va menguando el estremecimiento y de forma paulatina vamos quedando uno al lado del otro, sin soltarnos, sin perder la esencia de Casiopea, sino incrementada.

Giramos nuestras cabezas para mirarnos a los ojos y vernos ese color de la eternidad tan frutal y es el momento en que sonreímos con especial gusto al darnos cuenta de que tu parte cósmica ya habita en mí, potenciándome, y que la mía vive desde hace rato en ti, reforzándote.

Nos ponemos a reír como sin sentido, pero ambos sabemos, Nena, que es la hilaridad de la perdurabilidad eterna.

Tu casiopeo de cabecera.

Los Papagayos y los ojos grises

En Leonhard se cumple la predicción del curan-
dero en todo lo que al perdón de los pecados se re-
fiere y no hay palabra que no se hiciera verdad; el
maestro ha sido hallado: es el mismo Leonhard.
GUSTAV MEYRINK

De pronto, me di cuenta de que me había venido que-
jando durante casi cuarenta años de mi destino, es decir que me
había impuesto a trabajar desde los diez años, cargando canas-
tas de señoras del mercado a sus casas, luego de mozo de aba-
rrotes, de hacedor y mercader de paletas de agua y de leche,
detallista de despensas Del Fuerte (breves bolsas de plástico con
asas que contenían lo básico para la alacena familiar), ayudado
por mis hermanas Julieta y Rosa, tal vez también Pastora, menores que yo —las señoras nos las compraban más por curiosidad al ver a tres o cuatro niños de agentes de ventas—; y luego
distribuidor de longaniza y huevos entre amas de casa, bode-
guero los fines de año en los negocios de modelos y juguetes de
plástico para armar con los hermanos de mi padre, office boy,
ayudante de dibujante en una fábrica y luego dibujante y dise-
ñador técnico-industrial en una empresa paraestatal que dise-
ñaba y construía refinerías. Todo ello hasta los treinta años y
para qué hablar de los siguientes treinta, además de las enfer-
medades que se sumaron a este doble ciclo. En los huecos que
me quedaban, leía y escribía literatura, hasta el día de hoy, en
este instante. Así se me fueron sesenta años y, tras estas activi-
dades mencionadas, siempre hubo esperanzas, a las cuales he
renunciado.

En una ocasión, conocí a una mujer mucho más joven
que yo de nombre Gimena y nuestra amistad se había profun-
dizado, expandido, aproximado y, supongo, había aparecido
algo semejante al amor, aunque ninguno lo hubiéramos dicho
tal cual, aunque el acercamiento y las charlas lo exponían. En
esta ocasión que estuve en su casa, mientras ella se daba una

ducha para irnos al cine y yo tomaba un café que ella me había preparado, al querer cambiar el CD que había concluido por otro, con una torpeza de mi rodilla le pegué al bolso de ella, cayó al suelo y, al levantar sus cosas y meterlas en la cartera, descubrí, por casualidad, un documento donde se mostraba su edad y deduje que tendría cinco años menos que yo. Pensé que realizaría mucho ejercicio en su atractivo cuerpo o que, en algún momento, se habría hecho alguna cirugía.

Cuando salió del baño con una toalla anaranjada envuelta en la cabeza y una bata ligera de flores orientales, entonces me sorprendió más su aspecto tan joven. Entró en su recámara y, luego de un rato, salió ya con vestido de calle amarillo y maquillada; se sirvió café, me dio más a mí y se sentó en el sofá rojizo no lejos de mí, cruzando las piernas casi hasta media pierna, las cuales estaban de bastante buen ver. Luego de conversar un rato de esto y lo otro, sin que yo me lo propusiera, quizás impulsado por el café que supuse especial, pues lo compraba en no sé qué lugar hindú, me surgieron las siguientes palabras: "Es necesario que mi alma se engarce con la tuya, la cual ya ha trascendido los sufrimientos de este mundo por lo que me he alcanzado a dar cuenta."

—No sé por qué me dices eso. Tal vez me leíste la mente o los ojos, pero era con exactitud lo que estaba yo pensando mientras me bañaba. Nuestra relación, que hasta ahora no implica vínculo amoroso profundo, sino sólo complicidad, ha fluido de manera afable, que es la mejor forma que sirve en la Tierra. Pero, ¿por qué lo decías?

—Bueno —dije—, eres una mujer joven, pero al mismo tiempo te percibo como una persona muy madura, como si al mismo tiempo vieras hacia los diversos puntos trascendentes, esenciales, astrales en cada instante que vas viviendo.

—Lo que sucede es que tengo ocho ojos o quizá más y tú podrías tenerlos —y luego re rió con gusto, poniéndose una mano en una rodilla y la otra en la boca.

Yo también sonreí, sabiendo que, en medio de la broma, estaba diciendo algún tipo de verdad. Así era ella conmigo, lo supongo.

—Mira —expresé—; te voy a contar algo que me sucedió con dos mujeres. Creo que es momento de compartirlo contigo en tanto nos da una buena coincidencia y quiero saber tu opinión.

Gimena bebió un poco de su café y se acercó un tanto hacia mí con actitud de te voy a escuchar con atención. Yo proseguí:

—Bueno, con la primera de ellas, estaba yo en una habitación y ella en una diferente, pero en el mismo hotel. Ella se llamaba María Elena e hicimos un viaje corto, a Cuernavaca; insistía en ir a un hotel de nombre Los Papagayos, que yo sabía que estaba hecho un desastre pues en una ocasión intenté hospedarme ahí con mis dos hijos y no siquiera estacioné el carro para entrar, pero ella no me creyó. Así que llegamos y María Elena misma se dio cuenta de que íbamos a dormir con cucarachas y, quizás, entre una que otra rata. Por fortuna encontramos una habitación en Las Palmeras, más caro pero agradable y amplio. El asunto es que discutimos no recuerdo sobre qué y, para evitar que la disputa se extendiera hasta la madrugada, como en otras ocasiones y como a ella le gustaba, decidí irme a dormir a la salita que tenía la habitación y armé mi cama en el diván y tomé una cobija ligera de las que había de repuesto, a pesar de que María Elena quería seguir la discusión. Ya no le hice caso y me acosté, cerrando la puerta de la recámara con el fin de ya no escuchar su vocerío. En un rato, por fin, guardó silencio; apagué la luz de la lámpara y me quedé en total oscuridad, ya que la salita no tenía ventana alguna.

"Tendría yo unos quince minutos con los ojos cerrados cuando percibí que mi cuerpo empezaba a levitar; no quise abrir los ojos para cerciorarme si no era mi imaginación, pues supuse que le quitaría el prodigio al momento. De inmediato, se hizo una oscuridad más oscura tras mis párpados, pero a un tiempo había un leve resplandor, y luego vino esa mezcla de colores, como nubes rojas, azules y verdes, arremolinadas en la oscuridad tras los párpados. De forma repentina, los remolinos se detuvieron, vino una claridad grisácea, si puedo llamarla así; pero ya no estaba sólo tras mis párpados, sino también entorno a mi cuerpo o mi cuerpo dentro de ello. Ahí fue cuando constaté que mi cuerpo sí estaba levitando, pues tal atmósfera se encontraba también en mis espaldas.

"De manera inesperada, se empezó a formar una especie de estructura en torno mío, que se expandía, al menos eso creo, hasta el cosmos. Era semejante a un armazón en un fondo bruno, con trabes y contratrabes, cohesiones, combinaciones y enlazamientos, articulaciones, adherencias, conexiones, encadenamientos, relaciones, agarres, concentres y enlaces, además de redes, en ocasiones medio curvas, una especie de construcción planetaria o galáctica al desnudo; y cada trayecto, espiral u órbita, eran de colores flotantes, sin dureza, como compuestos de ultradiminutas partículas, quizás menores a un átomo, mates y espectrales, marrones, cerezas, aceitunados, coralinos, acanelados, infrarrojos, azulosos, morados, pajizos, azufrados, púrpuras, anaranjados, verduscos, leonados, índigos, violáceos, azul infinito, que a veces se repetían en una que otra trayectoria, y alguna que otra trayectoria o curva se perdían, allá, demasiado lejos hasta perderse de mi vista.

"Y, además, yo estaba entre todo aquello pero, a un tiempo, me miraba mirar levitando, sin asombro; de súbito, me observé fluctuar en el centro de aquella estructura imposible o posible o que, por alguna razón que no era mía, se me brindaba como una revelación que, al mismo tiempo, yo la relacionaba con un arreglo vinculado con mis lecturas filosóficas y herméticas. Aquello habrá durado, en el tiempo de la Tierra, unos quince minutos, pero en el tiempo de la estructura misma tal vez muchísimos años, pues aquella armazón tenía una actividad constante, de altísima velocidad, en la que podía estarse consumiendo la vida de varias generaciones terrestres.

"De pronto, abrí los ojos y ahí estaba yo, a unos treinta centímetros del sofá del hotel Las Palmeras; luego fui bajando con lentitud hasta que mis espaldas estuvieron, firmes, sobre la superficie acolchada. Miré hacia la puerta de la recámara y una línea de luz sencilla se distinguía bajo la puerta, señal de que María Elena seguía despierta, sin leer, sin mirar la televisión, sin oír música; ya que cuando había algún disgusto entre ambos ella no podía más que rodearse de inmovilidad e introducir en sus sentidos el más absoluto silencio, sin mensaje alguno con la mirada fija en un punto como si quisiera traspasar la materia o traspasándola. Supongo que su cerebro se inmovilizaba y que su espíritu se quedaba pasmado; encendí un cigarro y me puse a echar humo en la opacidad, moviendo el cigarro e imaginando que la brasa era un aerolito."

—No creas —dijo Gimena, descruzando la pierna y acercándose todavía más hacia mí, como si quisiera que la escuchara bien—. Es posible que ella estuviera con la mirada fija en la puerta, maldiciéndote, tratando de que pasaras la peor de tus noches, auxiliada por sus "malas vibras" como dicen ahora, pero yo digo que por sus malas ánimas, pues percibo, así nada más, por intuición, que vivió hasta avanzada edad una vida aterradora, pero admitida por ella. Pero no se imaginaba que, mientras tanto, tú te encontrabas en un éxodo espectral y que, al fin, después de tanto tiempo de temores, te habías dado permiso de transitar hacia otro espacio, el cual, no creas, no está tan distante de nosotros. Aquí está o, más bien, aquí estamos dentro de él, pero se necesita una percepción especial para distinguirlo y no olvides que tú eres artista y tu grado de sensibilidad no es bajo, por lo que me he podido dar cuenta.

Tomé un poco de café y miré sus piernas, las cuales había vuelto a cruzar y no le importó darse cuenta de que se las veía, ya que en esta ocasión mostraba más que la anterior, casi la orilla de sus pantaletas grises. Luego miré hacia su cara, blanquísima, casi transparente, y percibí un fulgor en ella y, en especial, en sus ojos azules.

—Sí —dije—, creo que llevó una vida de sufrimiento pero aceptada por ella, como adivinaste, bruja —Gimena sonrió—. Su padre murió cuando ella tendría unos diez años y su hermano unos veinte. En segundas nupcias, la madre tuvo un varón y luego dos mujeres. El hermano mayor sostuvo relaciones sexuales con María Elena y, más grandes, se la llevó a vivir con él. Pero antes de esto, en una pelea que el varón del primer matrimonio tuvo con el mayor del segundo, dentro de un taller mecánico que heredaron del primer padre, el mayor le tronchó el brazo al menor con la máquina cortadora de metales. Y creo que la mayoría de los trabajos que ella ha tenido son producto de los vínculos políticos del criminal.

—¿Y cómo supiste esto? —dijo Gimena.

—Por pura intuición y vinculando información que, sin querer, ella fue soltando. Claro, también colaboró el desciframiento de mi psicoanalista a la cual apodan "La bruja de la Del Valle", debido a sus atinadas interpretaciones y predicciones. Se llama Patricia y estoy con ella desde hace unos quince años; al principio no creía en eso de "La bruja", pero lo constaté con varios vaticinios que me hizo; entre ellos, que tú eras una mujer bondadosa y con una intuición sorprendente.

—Pues mira nada más dónde te fuiste a meter… Dale las gracias de mi parte; ojalá le haya atinado; ¿tú qué opinas?

—Que está en lo cierto. En ti encuentro una tranquilidad que no había sentido nunca y este amor que…

—Gracias, mi vida… pero ahora cuéntame la segunda experiencia —dijo.

—Es muy sencilla, pero fue la que más me impresionó —tomé de nuevo de mi café y encendí un cigarro; exhalé varias argollas de humo hacia sus piernas y Gimena sonrió ligero—. En rigor, Elia y yo no éramos más que amigos, pero se perfilaba, y no lejana, una relación amorosa. Habíamos ido al cine, no recuerdo la película; nos fuimos en su carro, un VW viejito, y luego me fue a dejar al mío, un Datsun de los cuadrados. Nos detuvimos en la esquina, a unos metros de mi coche. Y dentro estábamos en plena oscuridad. En ocasiones, cuando pasaba algún automóvil, la luz de los faros le daba a Elia en la cara; en una de tales ocasiones, vi que sus ojos se ponían grises del todo: no distinguí entre retina, córnea (que la tenía café claro) iris, pupila ni cristalino. Dos ojos completamente grises, como dos manchas oscuras de forma almendrada. De súbito, aparece ahí una forma femenina bruna que fluctuaba sobre una excavación que no tenía fin. Tampoco puedo decir que la vi tal cual con mis ojos, sino con una parte de mi interior que, estoy seguro, no era física. De pronto, la figura negra se hunde en el socavón y, luego, de él emerge una luz azul como si una linterna de mano estuviera alumbrando hacia arriba antes de desaparecer y apagarse. Debo decirte, Gimenita, que todo esto que te cuento en cuatro o cinco minutos, no duró ni tres segundos, o sea nada más el instante en que pasó el auto y lanzó su luz hacia la cara de Elia. Lo único en que pensé fue en una palabra: muerte. Y, otra vez, mi psicoanalista me lo confirmó y me explicó que yo tenía una percepción especial, pero que ella no podía afirmar si era sólo de las funciones de mi cuerpo o de algo distinto, no carnal, no cerebral, pues. Yo quise entender "no terrestre". Qué opinas.

Gimena tomó de su café, me dijo que si podía tomar un cigarro y lo agarró, se lo encendí y, copiándome, me lanzó varias argollas de humo hacia el centro de mi cuerpo y sonrió. Se acercó otro tanto hacia mí, de tal suerte que sus piernas estaban ya sobre las mías, pero parecía no darse cuenta y, si estaba consciente, no lo hacía con malicia, sino con gusto.

—Bueno, primero, y no lo tomes a mal. Te has buscado mujeres que están más cargadas hacia el lado sombrío y eclipsado. La segunda, o sea Elia, estaba de plano eclipsada; algo en su pecho la hacía vagar por la vida y, con mucha certidumbre, en los sueños, sin encontrar tranquilidad. Por ello, tú captaste imágenes vertiginosas, galopantes, que no querían completarse y luego todo se volvió claro para ti, cuando cae en el sepulcro. Lo más que podría haberte pasado es que ella se hubiera suicidado, viviendo contigo. En cambio, María Elena, transitaba, casi desde siempre, en la zona sombría, la más ominosa, una forma femenina obscena en su interioridad, extraña y delirante. Por ello no podía traspasar con la vista ninguna puerta, ningún objeto, mientras tú, sin proponértelo, de pronto disfrutaste y te integraste, por decirlo así, en una especie de radiografía vívida de las formas invisibles, las que sostienen la materia o son la materia de verdad en tanto que nuestros ojos no logran ver esa dimensión de nuestra Tierra y nuestro universo; quizá los tigres, las hienas u otro tipo de animal lo perciban, como hay los que escuchan calidades de sonido que nosotros nunca percibiremos. No quiero entrar en la discusión de si hay más de un universo o sólo uno; con un ejemplo nos basta, ¿si?…

Yo asentí con la cabeza y aproveché para tomar un cigarrillo, beber el último trago de mi café tibio pero, al tomar la cajetilla de cigarros, rocé una rodilla de Gimena por descuido y ella no dijo nada, sino que subió su pierna izquierda sobre las mías. Iba a pedir una disculpa, pero…

—No te preocupes —dijo—, la estamos pasando bien; ya se nos fue la hora del cine. ¿No te incomoda que nos quedemos aquí?

—Para nada —dije… pensando que eso era lo que yo deseaba con exactitud; no dudé en que ella lo hubiera adivinado y que me lo dijera sólo como una iniciativa de ella, aunque en su cara descubrí también, antes de que lo expresara, las ganas de que me quedara esa noche con ella, como ya había sucedido pocas veces.

—Bueno, entonces sigo. Y, sí, no sé cuánto tiempo universo-espiritual pudo transcurrir durante tu visión de aquella estructura pero, en efecto, pudo ser equivalente a la vida de un astro, los cuales aparecen y desaparecen cada instante en el universo. Tal vez vislumbraste un instante universal del planeta que habitamos, lo cual te envidio, ya que mis visiones han sido un poco menos potentes y de otra clase; así que, de esta manera, nos complementamos. Mientras tanto, en María Elena se estaba gestando, de seguro, un cáncer. Esa vida que describiste sólo quiere decir: cáncer, enfisema pulmonar, parálisis corporal o simplemente locura. De nada le sirve a esa mujer disimular la muerte cuando ya se está muerta. No habrá sido fácil para ti deshacerte de ella.

—No, para nada. Medio enloqueció y, al final, cuando me llevaba mis cosas, me amenazó cerca de una hora con cuchillo casi de carnicero.

—Lobo que ladra no muerde —dijo Gimena y se soltó a reír; ya que se calmó, me dijo—: ay, Guillermo, en qué líos te has metido. Además, la madre de tus hijos es una *borderline*, nada menos. Pero sí quiero decirte que no tengas miedo a esas percepciones que algún ser invisible te regaló al nacer, como te obsequió la creación literaria y la sensibilidad que manifiestas. Bueno, ahora voy a decirte algo de mí que, tal vez, ya habrás percibido: no tengo la edad que aparento; apenas me llevarás unos siete años por mis cálculos, pero me he entregado a la invisibilidad sin temor alguno y he recibido el obsequio de rejuvenecer algunos añitos, pero no te preocupes: no llegaré a niña ni mis vínculos con la invisibilidad son oscuros. Además, yo me he ayudado, comiendo de forma adecuada y con las caminatas que realizo sobre los caminos de esta Tierra y en los invisibles como los que tú vislumbraste. Yo soy, nada más, la jardinera de mí misma y cuido mis plantas que es mi cuerpo y mi espíritu. Esta flor que ves, que soy yo, la he sacado de mis escombros y la he trasplantado en este cuerpo.

—Pues es una maravilla —dije.

—Ya lo sé —dijo Gimena—; desde que nos conocimos he visto tus miradas hacia mi cuerpo y mi cara, y me agrada. Tú también me agradas, aunque descubrí pronto ese lado de invisibilidad que te habita y que has eludido. Entre mi maestro y yo te ayudaremos a que no sólo lo aceptes, sino también a que aprendas a encontrar los mejores vínculos con él. Lo primero que hay que hacer es estar al tanto y luego frecuentar a tu padrino intangible… Bueno, creo que ya hubo mucho bla-bla-blá…

—Cuando dije maravilla, Gimenita, incluí también la maravilla de la maravilla de donde has resurgido y te he querido decir asimismo que deseo que me guíes por ese camino y que me ayudes a perder el miedo a que mi yo transponga hacia la invisibilidad y experimentarla a fondo.

—Eso está por descontado, mi vida. Tendrá que ser un nuevo nacimiento de tu parte, para que accedas a la grandeza del hombre y arribes a no querer nada y poderlo todo: ¡mírame! El invisible nunca ha faltado ni mentido a su palabra. ¿Estás dispuesto?

—¡Claro!

Entonces, Gimena me tomó de la mano. Hizo que me pusiera en pie. Quedamos frente a frente y ella pegó su boca a mis labios.

—Vamos a mi recámara. No quiero que duermas en el sofá ni que ninguna luz de automóvil te alumbre los ojos. En el primer caso, de cualquier manera, yo te estaría mirando a través de la puerta y, en el segundo, sólo mirarías un campo sembrado de amapolas. Vamos juntos, ¿sí? En mi cama y pasando la noche entrelazados uno al otro, dentro uno del otro, amaneceremos en una floresta. ¿De acuerdo?

Yo asentí con la cabeza. Nos besamos no sé si un tiempo infinito o sólo unos segundos, pero me pareció eterno. Caminamos hacia su habitación la cual, como siempre, estaba muy ordenada. Sobre la cabecera de su cama seguía aquella hermosa fotografía grande del Tíbet. Empezamos a desvestirnos.

Dormitamos todavía un rato

Estabas semidormida o tal vez aparentabas encontrarte dormida, pero hay veces en que hay una combinación hipnótica gestada por el onirismo y su contacto con cierta realidad, con inevitable participación del inconsciente y esta combinatoria de misterios te llevaba a mover el cuerpo lenta pero cachondamente y te encontrabas de frente a mí, cada uno en su almohada. De pronto, sin proponérmelo, me empezó a crecer la verga y a ponérseme hinchada, me la subí y bajé varias veces para que se pusiera más dura y gruesa; me senté en mi almohada, me bajé los calzones y giré hacia tu cara poniéndote la punta de mi pito en tus labios con el fin de cerciorarme de que podía ser un sueño y de inmediato te entró la cabeza de mi verga y me la empezaste a chupar despacio hasta que, poco a poco, le dabas chupetones fuertes y mantenías los ojos cerrados, pero seguías mamándome la cabeza de la verga. Como noté que estabas demasiado golosa te dejé ir el pito ya más grueso hasta el fondo de la garganta y, en ese momento, me la empezaste a chupar con más fuerza como tragándotela hasta que te la metiste hasta el fondo de la garganta dando vuelta hacia tu esófago y ahí también me la apretabas todavía más fuerte de tal manera que me tenías aprisionada la verga desde los huevos, que me los tenías sujetos con los labios hinchados y lentamente te la metías y te la sacabas pero de forma muy ligera con tal putería que estabas exprimiéndome el pito y en cada metida te metías más la verga que ya buena parte de mis testículos se metían a tu boca cuando, de pronto, empezaste a metértela y a sacártela de la punta de la verga hasta que topabas mis huevos de nuevo con el interior de tus labios y lo hacías con rapidez como si quisieras introducirte toda la verga y los huevos y mi cuerpo mismo hasta el estómago y ahí estuviste mete y saca y saca y mete, echándole baba a mi pito ahora más hinchado. Ya que te chingaste un buen rato boca, garganta, campanilla y esófago, y sin dejar de mamármela, te pusiste bocabajo y levantabas y bajabas las nalgotas que, para mi sorpresa las tenías sin pantaletas y portabas medias con liguero; de inmediato te puse aceite cálido en el ano, metiéndote tres dedos, los cuales te tragaste con el culo de un solo empujón como diciéndome que no tardara en introducirte la verga, en dejártela ir como dices cuando estás en tus cinco sentidos y estás obsesiva con la verga. Entonces, me fui hacia abajo, te coloqué dos almohadas bajo el vientre para que tuvieras el culote bien levantado y empezaste a menear en círculos las nalgas como pidiendo que ya te metiera el pito, que no te hiciera esperar. Entonces, te metí la cabeza de la verga y luego luego me la apretaste varias veces como si te la quisieras comer; aflojaste el culo en señal de que ya estabas preparada para lo que viniera y, sin hacerte esperar, te dejé ir mi verga hinchada hasta el fondo del fondo hasta que mis huevos toparon con la entrada de tu culo y todavía te empujaste más como si quisieras que yo mismo me metiera por tu culo para que tuvieras varias venidas sucesivas y allí fue cuando te empecé a meter y a sacar la ahora ya vergota con todas mis fuerzas y en cada metida tú aventabas las nalgas hacia arriba para que te entrara todo y hasta parte de los huevos y así te estuve chingue y chingue y tú te ibas transformando cada vez más en una superputa que seguía aparentando estar dormida, pero que gemías y entre dientes pedías más vergazos macizos, duros, vergueadores, vergazos que yo empecé a darte con todas mis fuerzas, dejando ir mi cuerpo sobre tu culo mientras tú aventabas el culo y casi todo el cuerpo. Te venías una y otra vez, supercalientota, como una cogedora bien experimentada, y te rechingabas el culo y yo te empujaba con todo mi cuerpo hasta que tuviste una serie de venidas casi una tras otra. Cuando noté que bajaste el ritmo y aflojabas un poco el culo, me salí y no hiciste ningún murmullo de reniego, te hice girar, quitándote las almohadas y, puesta bocarriba y me senté en tu pecho y volví a meterte el vergón en la boca y era lo que esperabas porque, en cuanto lo sentiste dentro con sus empujones, tú te empujaste con fuerza y le diste varios chupetones como si me lo quisieras exprimir; y así empecé a cogerte de nuevo por la boca y tú la abrías grande para que mi verga se metiera hasta el estómago, si no es que ya estaba entrando en él. Yo empecé a sentir que la lechota iba a empezar a salir, con la mano te cerré la boca para que me la chuparas fuerte y te la empecé a meter y a sacar despacio, y comprendiste que no me debías chupar fuerte sino suave, esperando a que me moviera lento y me viniera en tu puta boca con chisguetes leves, lo cual fue sucediendo y tú te tragabas el semen hasta que sentí que lo que me quedaba de leche saliera a chisguetazos potentes y profundos. Con una mano te cerré los labios y te los mantuve parados y sujetos mientras mi pitote hinchado se metía y se salía de tu boca parada aventándote el líquido que te tragabas según te llegaba a la campanilla y luego directo a la garganta o un poco se expandía por tu golosa lengua y entonces salió el primer chisguete que te llegó hasta el fondo de la garganta y me lo fuiste chupeteando para que las mucosidades de la lechota te invadieran la boca y te fueras tragando la leche poco a poco hasta dejarme flácido y hecho un muñeco de trapo, pero todavía me salieron dos o tres chisguetes en líquido supradenso que te tragaste, hasta con grumos de esperma; y de inmediato vinieron al fin los últimos dos breves que ya te pegaron en la campanilla, pues tenías leche hasta en la comisura de los labios y la barbilla. Ya que distinguimos que los dos estábamos cansados, nos metimos hacia la noche de nuevo, nos quedamos dormidos. Al amanecer, no recordabas la supercogida ni las mamadotas que me habías dado y las metidotas que te proporcioné, pero volvimos a coger y esta vez, en plenitud lúcida y con las nalgas muy bien paradas y abriéndote con tus manos el culo, el semen se te fue por el orificio anal y el mismo culo se lo bebió, sin dejar salir ni una gota, como si el ano necesitara darte tu alimento de esperma con el fin de que las paredes rectales lo absorbieran. Miré tu gran culo, me acomodé detrás de ti y dormitamos todavía un rato.

A lo Dick Tracy

Caminaba solitario pegado a la cerca de finas tablas barnizadas mientras la noche se hacía más negra debido a que la luna se había perdido tras las montañas del oriente y esa oscuridad intensificaba el torbellino de pasiones en el cuerpo del marinero desde su pies, al fin en tierra, hasta su frente, quien se negó a subirse al navío a pesar de que el capitán le rogó largo tiempo para treparse al barco y hasta le reconfirmó que era su hombre indispensable entre el montón de marineros, que era su mano derecha, pero el contramaestre se negó rotundo, ya que se había prometido quedarse en aquel puerto pequeño a pasar las vacaciones que tanto se había prometido y le dijo al capitán que no era displicencia ni terquedad, sino que los años de sortear olas descomunales, como si la vieja nave fuera una fatigada montura, ya le habían pedido un buen descanso y que este lugar le gustó por su calma, el clima apenas cálido y la intimidad serena que percibió apenas sintió a su gente, lleno de ancianos, sin contar que en uno de esos días de descarga y vuelta a cargar, en ese breve puerto esperaría la tornavuelta del Judith, nombre que siempre ha llevado la chatarra de barco, despidiéndose de sus demás compañeros, un abrazo de luchadores entre el capitán y el contramaestre, quien se echó a caminar, tomando el primer callejón que lo llevara a la breve ciudad para caminarla hasta la noche, ir al encuentro de un sitio clandestino donde pudiera beberse un par de cervezas y uno que otro whisky, cuando buscaba un hotelito que le viniera bien a sus modos, a través del breve cristal de un restorancito elegante unos ojos de mujer le tomaron una instantánea, o al menos eso supuso, y al regresar, luego de una media hora de mirar aquí y allá, por la misma calle estrecha, la mujer pelirroja lo divisó antes de subir en un automóvil verde brillante, de largas y abombadas salpicaderas; vio que la mujer anotaba algo en un papel que dejó caer al suelo antes de subirse al carro por la puerta trasera y de que un hombre negro cerrara la portezuela y luego caminara a la suya y se pusiera al volante, lo echara a andar y diera vuelta de inmediato en la esquina donde se perdieron las gruesas defensas, cuyo cromo de platín brillaba más que las mejillas del negro, luego caminó hasta donde había estado el auto y recogió el papelito; anocheciendo se vio llegar a esa cerca elegante, cargando su mochila de marinero, ante la casa enorme de techo de dos aguas color ladrillo, luces discretas en el jardín, tocar la campana, ver salir a una negra de no mal cuerpo, cuyos ojos brillaron en esa oscuridad y quien lo instaló en una sala donde prevalecían las tonalidades verdes pálidas y lilas entre algunos abanicos y biombos orientales, y ver entonces bajar a la mujer de ojos verdes, labios prominentes con bilé rojo intenso, facciones finas, ataviada de un kimono rojizo con figuras de hojas amarillas y menudas aves dispersas y una especie de gran samurái, con espada en mano, a cada estribor de la bata, en tanto la mujer, acomodándose un leve mechón pelirrojo, tomó asiento junto al contramaestre y le dijo no quiero saber tu nombre: yo te voy a bautizar de nuevo y así te llamarás en esta casa que será tuya el tiempo que permanezcas en ella, pero si el nombre con el que te bautice es el tuyo, guárdatelo, no me lo digas; con un tris de dedos blanquísimos y delgados hizo venir al negro, de chaleco a rayas negras y bruñidas, que manejaba el automóvil, quizá modelo 23, pero que ahora empujaba un carrito cargado de diversos tipos de licores, aunque en el país estuviera prohibido su consumo; ella adivinó que el marinero deseaba whisky solo con hielos, se lo preparó, giró los hielos dentro del vaso de cristal fino y se lo alargó con coquetería, mientras se alcanzaba a escuchar un cerrar de puertas, despidos en voz baja y luego un hondo silencio, lo que le dio a entender al marinero, hombre desde luego musculoso, no tan guapo pero con facciones angulosas, a lo Dick Tracy, las que con seguridad fueron la perdición de la dama al distinguirlas por la ventanita quien, sin esperar la siguiente bebida, ya que notó que él había bebido antes de llegar, se abrazó al hombre con vehemencia, besándole la cara, le abrió la camisa y le besó la musculatura, le desató el cinto, abriéndole el pantalón y sumergiendo la cara entre los muslos del contramaestre, quien ya tenía el sexo erguido y las venas del mismo exaltadas; ella se entretuvo unos instantes en acariciar con la lengua el miembro y a momentos metiéndoselo a profundidad para, después, enderezarse y desvestir al marinero de pies a cabeza y luego ella se despojaba de raíz el kimono, mostrando un muy caucásico cuerpo equilibrado, cintura delgada y lo demás un tanto sobrado y firme, convirtiendo la alfombra rojiza en la mayor cama en que hubiera estado el marinero, ven, Richard, vamos a empezar, dijo ella mientras se ponía bocabajo con las nalgas paradas, esperando que Richard (en verdad su nuevo nombre) se acercara; al sentirlo ya de pie tras ella, le dijo que no necesitaba explicarle por donde le introdujera, en primer acto, esa verga maravillosa; la pelirroja recargó un lado de su cara contra la alfombra, sosteniéndose, se llevó las manos hacia las nalgas y con los dedos las abrió más en el sitio del ano, ¿te queda claro, Richard?, imaginando ella esa verga después de tantas noches solitaria en ese estúpido pueblo y la cual le prometía las de otros viajeros marítimos y la extensa temporada de perversión que se avecinaba...

borrascosa

obsesivo fue la palabra que salió de tu mente cuando me acerqué por detrás de tu cuerpo y había sido expresada un poco sin ganas y tal vez hasta con un tantito de gusto no sé si por el acto mismo o por mí o por ambos pero lo importante es que levantaste un tanto el culo y me repegué a ti sabiendo tú que iba desnudo como tu cuerpo y que te encontrabas bocabajo sobre la cama borrascosa debido a la noche que pasamos uno sobre la otra y la otra encima del otro o entrepiernados en formas que tal vez recordaban modos de las figuras prehispánicas de las cuales somos deudores y a las que les hacemos honor en este instante en que ya estoy entrando en ti mientras empiezas a remover la cintura en círculos que me hacen sentir como si estuviera dando giros en una de esas galaxias que se ofrecen ovoidales y de matices que no tienen nombre dando vueltas de uno de los planetas a otro y a otro y a otro y con giros rapidísimos en torno a esa luna cien veces más grande que la de la Tierra sintiendo un vértigo que me baja desde la raíz de los cabellos con lentitud pasando por mis hombros y mi pecho y mi pene hasta llegar a mis pies y soy ya el vértigo acompasado que sabe que no puede detenerse y que entra y sale y grita y grita y luego jadea y vuelve a jadear mientras tú también te encuentras en ese vahído que te agarra y hace que gires y seas esa luna circular de piedra flexible doblemente desar-ticulada que brota de entre la tierra húmeda y delicada mientras yo me voy hundiendo más y más en ti en el último esfuerzo que me enceguece y muy distante allá en la galaxia te rearticulas luna prehispánica y escucho tus grititos y sofocos y ambos sabemos que el líquido que baña tu vida interior es al mismo tiempo nuestra resurrección sobre esta cama borrascosa donde volviste a nacer y tus fisuras esculturales han quedado invisibles

El beso y el humo

De adolescente veía tu cara detrás del vidrio del camión escolar que te llevaba y te traía. De pronto, un día doloroso, la ventanilla por la que viajabas mostraba otra cara y, con el tiempo, me autoconsolé. Ya joven, al cambiarme de rumbo, te vi pasar en un camión como cualquiera de los demás y nos redescubrimos. Al día siguiente, a la misma hora, esperé a que pasaras por allí y, para mi sorpresa, no sólo ibas en casi el mismo lugar como antes, sino que agitaste un brazo y me saludaste; yo te mandé un beso que levantó el vuelo desde la palma de mi mano hasta tus labios. Al tercer día me aposté en el mismo sitio y a la misma hora; pasó el camión pero no pude ver nada de ti. Me quedé pensando un poco y supuse que ya habrías pasado o que vendrías en el siguiente camión; me dispuse a esperarte. No pasaron más de eternos diez minutos cuando te vi a mi lado.

Estabas más hermosa que nunca, tan arreglada, tan con un maquillaje que enaltecía tu lindeza que, sin que dijéramos palabra alguna, nos acercamos con pasión y nuestros labios se unieron en el beso más importante e intenso que ha tenido tal vez la historia de los amores de la humanidad; y ese beso me habita aún en esta silla de ruedas, incluido tu aroma a duraznos recién abiertos.

Cerramos los ojos y cuando nuestras bocas se fundieron, percibí una energía en extremo potente y, de pronto, vino la explosión. Abrí los ojos y observé la más hermosa nube que he mirado en mi vida, con formas muy sensuales y eróticas, y el aroma a duraznos se hizo muchísimo más intenso, tanto que cubrió la calle entera. Tus formas nubosas, humosas, eran eróticas y me envolvían y me rozaban con tal placer que me volví loco y tuve una eyaculación lumínica, aunque en ese momento de mi mayor placer entendí que te perdía para siempre y que en un instante del infinito supe que era ya esposo de la nube más bella de la Historia del Cielo.

Ahora, que estoy recluido en este asilo público y que me sacan en horario vespertino al gran patio, miro hacia el cielo, observo pasar a mis nietos, a mis hijos y, ya muy cansina, con un poco de menos brillo, a ti, mi amor, con esa tonalidad durazno, y tu aroma baja hasta este patio y yo digo que tu olor es lo que me mantiene en vida porque los médicos no se explican cómo mi corazón sigue latiendo después de la vida de alcoholismo y drogadicción que llevé hasta que empezaron a pasarme de hospital en hospital hasta llegar, por fin, a este patio desde donde te miro de nuevo de forma cotidiana.

Haces latir mi corazón como aquella tarde, y ya que ustedes han pasado, me quedo dormido en mi silla de ruedas. Al menos yo sé que todavía no es hora de irme, mi amor eterno, mi vida, mientras vea tus formas espectaculares de humo durazno transitar sobre este cielo que me cubre.

La Encantadora de los Campos Aislados

Tenía la costumbre de caminar por lugares libres, distantes de donde habitaran o transitaran personas, ya que deseaba descansar de ellas. A veces, para mí, estar en constante relación con la gente me abrumaba. Suponía que detrás de las ciudades, de los pueblos o las comunidades, se escondía un temor que ya se había olvidado después de tantas generaciones y tantos milenios. La reunión de los autonombrados seres humanos podía ser semejante a un panal, a un hormiguero, a las manadas de leones o hienas, reunidos en comunidades apeñuscadas para defenderse de los depredadores, aunque en algunos lugares del mundo fuera aún necesario, como en África, en especial para las tribus que aún permanecen distantes de las grandes masas, o al norte de Canadá, donde todavía bajan osos a las poblaciones menos apeñuscadas.

En mi ciudad, una de las tres o cuatro más grandes del mundo, los depredadores los habíamos creado dentro de las ciudades mismas, aun dentro de las ciudades chicas e, incluso, en las poblaciones más pequeñas, a diferencia de los hormigueros, los panales o los grupos de leones y otras comunidades denominadas por animales, donde hay aún respeto por sus individuos. Desde luego, el sitio libre donde yo podía alejarme del apeñuscamiento de mis congéneres era el campo y no cualquier sitio; buscaba, por lo regular, regiones en absoluto solitarias, en general rocosas, pero donde no hubiera montañas de rocas demasiado altas, pues ahí me encontraría con espeleólogos o con alpinistas; no, lugares rocosos casi a nivel del piso donde a la gente no se le ocurriera ir a pasear ni mucho menos de día de campo, y donde no hubieran tenido la idea de formar un pueblo, por pequeño que fuera, debido a lo que ellos llaman lugares inmisericordes, inhabitables, sitios desperdiciados para la humanidad, donde tal vez me topara con algún tejón, camaleones, lagartijas o víboras de las que me alejaba de inmediato, además protegido con botas de cuero duro hasta las rodillas. Allí, de pronto se encuentra uno con claros de rocas, una especie de círculo donde sólo hay tierra y, con suerte, arena fina (lo contrario a los claros de bosque, donde se concentra el pensamiento, mientras uno se encuentra recostado sobre el pasto o plantas de tamaño chico, claros sobre los que ya ha reflexionado la mejor filósofa de nuestra historia: María Zambrano). A la inversa de lo que ella piensa de sus claros de bosque, donde se da la unidad de pensamiento, pues se encuentra rodeado de plantas altas o árboles de mediana altura, en el claro rocoso, mientras uno está recostado, se da la diversidad y la amplitud de pensamiento y se puede pensar hacia la profundidad del universo o hacia la extensión del globo terráqueo, o a la del universo de universos, pero en especial, y para mí lo más importante, hacia la multiplicidad de capas bajo tierra que en general son rocosas y van hacia un centro incandescente, pero, en exclusivo y ese es mi interés, reflexiono hacia la concentración, donde habitan quizás entidades que desconocemos y que, si uno se lo propone, en medio de la reflexión, pueden surgir pensamientos opuestos a los que se tienen cuando la vista está situada en el infinito externo.

Un sábado cualquiera, de los que acostumbraba a salir en mi camioneta, sólo con una breve mochila con pocos alimentos y agua, además de un bastón para apoyarme en lugares demasiados pedregosos, sobre unas botas duras y flexibles al mismo tiempo, arribé a un sitio que, en rigor, nadie visitaba debido a lo que ellos llamarían horrendo. Sin embargo, de pronto, de una gruta sencilla, salió una mujer vestida con ropajes que, de inmediato me di cuenta, eran elaborados por ella y que no tenía relación alguna con citadinos de ningún lugar, aunque por su armoniosidad y su extrañeza, podían crear una línea de ropa femenina que no pocas mujeres de otros lugares la comprarían. Llevaba, además, una diadema vaporosa de distintos verdes, naranjas, blancos y sepias. Un ligero collar tal vez de hilo con una sola piedra negra, una blusa un tanto áurea, deshilada, que le caía hasta casi el principio de los pezones, los cuales no eran grandes pero sí benéficos; sobre la parte baja de su cuerpo la cubría una especie de manta amarilla y naranja que se cerraba al frente y le caía casi hasta los pies, los cuales estaban cubiertos con zapatos de trapo sepia, cosidos a una suela confeccionada con alguna mezcla de vegetales que ella había preparado y se notaban que eran firmes y flexibles a un tiempo; llevaba los brazos cruzados, pensé o intuí, en una especie de posición mística como si estuviera invocando a alguna deidad o fuerzas superiores (no pensé en el cielo, sino en la inferioridad, lo cual me daba encanto, pues de otra forma no pernoctaría en tal sitio; la sensación de golpe que tuve de inmediato fue que así había nacido, como ya estaba y, quizás, con una vestimenta semejante).

Aunque sentía compatibilidad íntegra y espiritual con ella, no hallaba, por mi lado, en qué podía involucrarme con la mujer ni a qué se debía el recibimiento que me hacía, pues era notable que visitas humanas no tuviera demasiadas. Y que prefería los lugares aislados, pero más rigurosa que yo. De pronto, ella dijo: "Soy tu involucración"; así que le pregunté que de qué manera. Me pidió que me recostara sobre su manta; se quitó la falda y la tendió sobre el piso y quedó casi desnuda, pues no usaba pantaletas y, como ya había distinguido sus senos, su cuerpo era milagroso y se notaba que era mestiza, ni blanca, como yo, ni morena.

Me recosté sobre la manta bocarriba, pero me pidió que me desnudara y que me recostara bocabajo primero. Me desnudé, dejándome los calzoncillos y ella insistió en que debería estar desnudo para que recibiera la esencia de su preparado (así le llamó a un líquido que trajo en una ollita de barro con esmalte) y la potencia de la inferioridad. "Te he estado aguardando desde hace más de cien años, me habían dicho que alguna vez llegarías, luego de alguna transmutación de almas y nunca me desesperé; deja de pensar que te aguardé en esta vida que llevo hoy; mi misión fue anterior, cuando vivía en Inglaterra, en Stonehenge, al sur de Birmingham, ciudad que nunca me gustó."

Al fin, pues, me desnudé y me recosté bocabajo y ella me dio un masaje con paciencia sin que faltara, supongo, ningún músculo; luego me pidió que me pusiera bocarriba he hizo lo mismo. Si bocabajo fui sintiendo que se despertaba en mí una especial energía, no de musculatura, sino interior, casi psíquica, de cuerpo entero, ya bocarriba esa energía se incrementó con mayor potencia. Al terminar, me pidió que me sentara frente a ella, quien también se sentó cruzando las piernas. Me pidió que la mirara a los ojos entre cafés y glaucos; casi en un instante quedé hipnotizado y, ahora, aparte de la potente energía recibida, se mezcló con ella una gran tranquilidad que nunca había sentido en mi vida actual ni en las anteriores.

No recuerdo en absoluto ninguna imagen ni mucho menos la sensación de estar dormido ni de haber realizado algún viaje enigmático, pero al despertar, aparte de la tranquilidad, percibí, en el centro del pecho, donde ella llevaba su piedrecilla, una plenitud desconocida. Entonces, ella dijo: "Ya te encuentras bajo la guía y la protección de mi Señora, La Encantadora de los Campos Aislados. Cuando regreses a la ciudad te sentirás, en general, igual que aquí, pero si algún incidente típico de esas absurdas urbes te distrae o te entorpece, sólo pronuncia las palabras 'Yo pertenezco a los sitios aislados, a las planicies, a los bosques y a las inferioridades, que son el cosmos inverso; soy un súbdito de La Encantadora de los Campos Aislados'; lo dirás recostado bocabajo, desnudo como ahora, con los ojos cerrados y, entonces, la plena tranquilidad volverá a ti de inmediato porque ya la llevas dentro; al final verás mi cara, en especial mis ojos. Yo recibiré tu mensaje y vendrás aquí el siguiente fin de semana a pasarlo conmigo. Te tendré preparada una comida que nunca habrás probado en tu vida". Le di las gracias y ella me dijo que las gracias debía dárselas a La Encantadora y a las entidades que colaboran con ella.

Sin darme cuenta del tiempo transcurrido, percibí que una noche demasiado oscura se nos había venido encima. Mientras platicábamos y me daba las instrucciones para un posible reencantamiento, yo miraba a mi alrededor como si aún fuera de día y la claridad del sol nos estuviera alumbrando, pero intuí que tal luminiscencia venía de mi interlocutora o, por decirlo así, porque es la forma en que me nació decirlo en el pecho, de mi maestra, o de la conjunción de ambos, acaparados por nuestra Encantadora. Le comenté que ya se me había venido encima una noche muy prieta y que ella, como señora de estos lugares, me sugiriera un sitio donde pudiera pasar la noche para que, al amanecer, fuera a buscar mi camioneta porque, luego de cerca de dos horas de camino matutino, me sería difícil encontrar el regreso hasta el vehículo y volver a la horrenda ciudad.

"Lo puedes hacer en mi hogar, de donde me viste salir: idéntica a una casa y corres con suerte, pues tengo bastante leña; me llamo Julia, antes de que me lo preguntes porque ya te veo la interrogación en la cara. Además, no olvides que estábamos predestinados a estar juntos hace más de una centuria. Entonces, mi hogar es tu hogar, pero no en el sentido de los convencionalismos de los territorios apeñuscados como del que tú vienes y donde yo viví."

Preparó una cena vegetariana, de hongos diversos mezclados con ciertas hierbas, que me supo mejor que cualquier platillo del mundo, exceptuando el caballo que degusté en Saint Pierre, a la otra orilla del lago de Neuchâtel, pero no le comenté esta parte. De pronto, ella me dijo que tal vez su cena era comparable a la de Saint Pierre, donde preparaban a los caballos para ser degustados y no para competencias, los cuales tenían la carne demasiado dura y bastantes medicamentos, que hacían que las razas de caballos primigenias se distorsionaran. En cambio, la carne de los toros de lidia se puede degustar sin problemas. Entonces, le dije: "Oye, Julia, ya van dos veces que me lees el pensamiento, al menos en lo que me he dado cuenta, y quizá me lo hayas leído todo hasta ahorita, como eso de que tu cuerpo era extraordinario —ella se sonrojó—; no sé si puedas hacer alguna excepción y suspendieras, por esta noche y las veces que nos encontremos de nuevo, tu lectura mental, para poder sentirme más tranquilo a tu lado y yo tener mi pensamiento por un lado y tú el tuyo por otro y coincidamos sin adivinaciones. Te prometo que, cuando yo domine la lectura del pensamiento, no leeré ninguno tuyo y así guardaremos nuestra intimidad y la convivencia será más placentera y libre. ¿Qué opinas?". Descubrí el sonrojo en sus mejillas, miró hacia el piso y luego hacia el techo y, con un movimiento de cabeza, afirmó y, además, agregó que lo que yo había pensado de su cuerpo había sido un elogio que le había levantado la autoestima pues, en tanta soledad, en ocasiones se olvidaba de sí misma. "Lo prometo y lo aseguro ante ti, Señora —y se hincó—; sé desde siempre que no debo hacer mal uso de los privilegios que me has otorgado." Se acercó a mí y me dio un beso en la frente. "De cualquier manera —expresó con gusto—, te agradezco lo que pensaste sobre mi cuerpo; a veces es bueno encontrarse con la terrenalidad y ese es el regalo que tú me has traído a cambio del que yo te he dado y te seguiré dando y que además era mi obligación."

Aunque la observé mientras preparaba té, me atreví a pedirle café. Ella aceptó y me dijo que el té que me estaba haciendo me otorgaría, por esa noche, otro tipo de energía y que me lo bebería en un par de tragos, igual que ella, en lo que preparaba un café fuerte que ella misma sembraba y que era el más rico de por ahí. Dijo, por cierto, que ese café cargado sólo le haría cosquillas, suponía. "Cómo que supones", dije. "Es que no lo he tomado después del conjuro de una regeneración", agregó. Así que me tomé el té y me sentí de mil y una maravillas y se lo dije; ella coincidió conmigo y agregó que lo hacía con hierbas especiales. Luego, nos servimos el café, que estaba delicioso, y después nos servimos otra taza de café. Entre un café y otro le platiqué a lo que me dedicaba en la ciudad, que era escritor y que tenía dos hijos, separado de una verdadera bruja, pero bruja en serio; Julia me comentó que en una parte, no pequeña de mi espalda, había percibido esa influencia negruzca.

Por otro lado, le comenté que la combinación del té y el café me había generado una especie de potencia extraña, que la percibía transitar por todo el cuerpo, pero en especial hacia el centro. Ella comentó que sentía lo mismo, como casi a punto de explotar por cada poro de su piel y dijo que a lo mejor se le había pasado la mano con ciertas hierbas del té. Y, sí, distinguí que a ella le habían salido unas chapas bastante evidentes.

Luego de un rato, me comentó que no me iba a dejar dormir en el suelo aunque me podía improvisar una camita individual en el piso, pero que, como ya era mi hogar, me invitaba a compartir su catre. Dejó una vela encendida entre un velario que ella había elaborado con arcilla y embellecido con algunos de los colores de su vestimenta, los cuales percibí en distintos sitios, como en cortinas, el mantel, las servilletas tejidas, en la colcha de la cama. Nos acostamos, pues; ella con un camisón de un ligero tono verde limón y yo en calzoncillos y camiseta. Cada uno guardó su distancia pero había inevitables contactos en una que otra vuelta de ambos o en un cambio de posición. Precisamente cuando coincidimos en un cambio de posición, nuestras caras quedaron frente a frente y nuestros labios se tocaron sin que fuera un beso del todo, con las piernas muy juntas, y percibí que su camisón se le había subido un buen tramo y acerqué mi rodilla hacia su centro desnudo. "Yo sólo estaba esperando una señal, guapo", dijo y se quitó el camisón puesta de rodillas y la luz de la vela volvió a mostrarme sus generosos senos y una cintura semejante a la de la famosa actriz mexicana Lupe Vélez, se puso aquí y allá un perfume que yo percibí furtivo, desde luego preparado por ella; yo me quité calzoncillos y camiseta. Ella se recostó de nuevo y volvimos a quedar frente a frente, pero ya abrazados. Puso su boca cerca de mi oído y me dijo que era virgen, que desde que había nacido en México me había estado esperando para una noche como ésta.

Yo tenía ya una erección singular, quizá la misma de siempre, sin embargo percibía un cambio. Al menos, al tacto, sentí mi pene algo mayor que antes, quizá brujería de ella a través del té o del masaje, o de ambos. Entonces, le dije que para mí era un honor su virginidad y, sobre todo, el tiempo que la había guardado para esta noche. Ella no quiso preámbulos ni yo tampoco. Así que empezamos las caricias de reconocimiento y recalentamiento. Julia se puso bocarriba, abrió las piernas levantadas y sosteniéndoselas con las manos; yo me acomodé encima de ella y le dejé ir mi sexo de un envión y volví a tener el efecto de que mi pene había crecido un tanto más. Llegué hasta el fondo de ella, quien lanzó un quejido más de placer que de dolor, pero supuse que era de ambos; con el instinto que ella tenía, se empezó a remover de un lado hacia otro y luego girando, mientras mi verga le entraba y le salía a un ritmo no tan rápido para que ella disfrutara su primera cogida; luego de un buen rato, entre mordidas de ambos y apretones aquí y allá, al sentir que ella estaba a punto del orgasmo, pues sus grititos iban en aumento en aquella noche en extremo silenciosa a nuestro entorno, yo, que había estado controlando la venida, empecé a empujar con mayor fuerza, teniendo cuidado de venirnos juntos en un mismo y profundo escalofrío caliente que reventó en ambos al mismo tiempo, mientras yo seguía metiéndosela a un ritmo menor en tanto ella conseguía otros breves orgasmos sucesivos hasta que Julia quedó desfallecida pero abrazada con fuerza a mi espalda.

Luego de un descanso y de que ella preparara otro poco de café, que apreciamos, comentando la experiencia sexual extraordinaria para ambos, ella me pidió que le hiciera el amor por su otro sexo; yo pensé en el anal, pero nada de eso: me sorprendió con que tenía otro sexo, entre el principal y el ano. Me dijo que de niña no pensó que fuera otro sexo, pero que ya en la adolescencia y, sobre todo, entrando en la adultez, se cercioró de que aquello era otro sexo y que también tenía menstruación, lo cual era un problemilla. Me di cuenta de que estaba más pequeño y más cerrado, pero al meterle tres dedos para percibir sus dimensiones supe que aguantaría lo mismo que el primero. Al entrar en él, sentí como si mi verga penetrara como una mano en un guante, más apretado y apenas justo, es más, mi verga expandiendo tal vagina, que si angosta, era profunda, como la anterior, pero, en breve tiempo, Julia se estaba volviendo loca, gritaba con voz ronca, me mordía los hombros, se contorsionaba como serpiente. Había tenido unos cuatro o cinco orgasmos y lanzaba palabras en una lengua semejante al arameo; en cuanto sentí que disminuía su calentura, yo me lancé a metérsela con todas mis fuerzas hasta venirme con gritos semejantes a los de ella, hasta que percibí que el semen se derramaba de esa apretada vagina y quedé demasiado satisfecho.

Casi al amanecer, ambos despertamos como si los cuerpos se estuvieran llamando uno al otro. La habitación estaba cálida y de la vela quedaba un cabo que parpadeaba. En esta ocasión, ella se puso bocabajo, levantó el culo y me dijo que termináramos la tríada. Que también su ano era mío y que lo disfrutara cuantas veces quisiera, pues ella suponía que allí tenía el punto G o como le llamaran, pues cuando defecaba sentía un placer especial, pero que yo viajara por ahí de inmediato. De su montoncito de ungüentos y tal vez ciertos maquillajes naturales, tomé algo parecido a una pomada y le puse una buena dotación en el culo, metiéndole primero tres dedos hasta que le cupo la mano entera mientras ella se movía de arriba abajo casi comiéndose enteros los dedos y parte de mi muñeca. Entonces, sin esperar más y sintiéndola ya muy caliente, le dejé ir el pito de un envión, topando hasta los testículos. Le estuve dando duro y con velocidad, mientras ella se empujaba en cada metida y pegaba gritos mayores a los del sexo de en medio; después de un buen rato en que ella se vino no sé cuántas veces, sin separarnos, nos fuimos hacia un espejo de cuerpo entero que estaba cerca de la cama; levantó más el culo y yo, casi de pie, le seguí dando mientras amanecía y ella miraba cómo me la cogía; nos movimos un poco hacia su catre y debajo de él sacó unos mecates y me pidió que la amarrara como yo quisiera, pero sin separarnos. De inmediato le pasé el mecate por la boca abierta, de ahí al cuello, se lo bajé a la altura de los senos y se los até, tratando de que los senos y los pezones quedaran bien atados, luego a la cintura y, después, sin zafarnos, se lo introduje por ambas piernas hasta topar con sus sexos y sacárselo por las nalgas, donde, después de varias vueltas, se lo até por la cintura. Volvimos al espejo y, ya a plena luz, ella y yo nos veíamos coger como si estuviéramos empezando. Julia levantó todavía más el culo y yo, casi de pie, le estuve dando y dando, mientras ella iba uniendo un orgasmo tras otro. La diosa se estaba complaciendo de manera brutal tanto como yo. No me bajé hasta que ella me dijo que deseaba exprimirme la verga con la boca misma; así que en un rato me separé. Ella me limpió el pito con su camisón y, en cuanto terminó, se la metió en la boca, me sobreexcitó de inmediato al máximo. Julia la empezó a lamer por aquí y por allá, luego se la metió de nuevo en la boca y se la introducía hasta la laringe y salivaba mucho. El tiempo pasaba y ella seguía mamándomela por todos lados en formas que iba inventando. Sin separarse el pene de la boca, regresamos al espejo y yo notaba que le gustaba mirar sus mamadas a mi pito que, para entonces, estaba muy hinchado y crecido, mientras ambos veíamos sus chupadas por el espejo; ella mamaba con maestría, usando la boca, los cachetes, la lengua, la garganta y la laringe con una eficacia que me sorprendía cada vez más y hasta llegué a dudar de sus virginidades.

De pronto, sólo se puso de frente y empezó a darse duro en la laringe, babeando casi por litros; en una de las metidas más profundas, casi a mitad del esófago, allí me la mantuvo un buen tiempo, apretándomela como si la estuviera deglutiendo; yo sentía esos apretones como si fueran los de su puño o los del ano o los del sexo intermedio, pero en especial como si fuera el ano, con el cual me había apretado duro. De pronto, yo empecé a sentir que me venía y le pedí que me lo hiciera más despacio, sin prisas. Ella entendió muy bien y, sin salirse del esófago, me iba dando apretones ligeros; ya no aguanté más (tal vez llevábamos más de una hora en las mamadas) y, sin decirle nada, me fui viniendo de forma paulatina, echándole semen casi a agotas; ella lo iba absorbiendo con plena morbidez, tragándose mis disparos, hasta que ya no pude más. La agarré de las orejas y la sumí todavía más hasta que sus labios estaban deformados sobre mis vellos púbicos; ella aguantó con toda entrega hasta que le mandé el último chorro que se convirtió en varios, pero manteniéndome allí, dentro de ella, metiéndole la verga hasta tocarle el estómago y sentir mis últimas venidas con la mayor brillantez, sintiendo, en ese preciso instante, que ya no me separaría de ella y no era sólo por la sexualidad.

Le saqué la verga del estómago poco a poquito, mientras ella seguía expulsando saliva, nos fuimos al camastro y ella estuvo jugueteando con su-mi verga, pasándosela por los labios, por los ojos, la frente, los oídos y así varias veces y se divertía como si no fuera sexo, sino un juego que ella inventaba. Miré hacia el camastro y descubrí no pocas manchas de sangre del doble desvirgamiento y me sentí un poco mal por haber dudado.

Después de varias visitas, algunas semejantes a la anterior, de paseos por los territorios de Julia y con la aceptación de ella de algún viaje al Distrito Federal para ir al cine o a alguna exposición pictórica, y para presentarla con mi familia. Y luego de varias conversaciones entre nosotros a propósito de nuestros vínculos con la Señora, y de pláticas de ella con la Deidad, decidí integrarme a ellas. Mis hijos vivían con su madre en la Capital y allá se quedarían a experimentar su existencia y tal vez nos visitarían o los vería, a veces, allá, en la Capital. Yo me iría a vivir con Julia, pues la magia y el amor de más de un siglo eran una potencia demasiado fuerte para mí y, desde luego, para ella. Incluso, Julia aceptó hacer un viaje a Inglaterra y visitar a su querida Stonehenge y el cementerio donde estaba enterrada su anterior vida.

La sonrisa secreta

Cuando entré en la sala de exposiciones, en un giro de tu cabello oscuro cárdeno, percibí una sonrisa secreta en tu cara linda, mas no pude mirarte a los ojos, pero los intuí grises como ala de ave migratoria; recordé de pronto que yo no pertenecía a esta región. El día en que tu sonrisa me deje de ser secreta, pensando en el tiempo largo en que aquí permaneceré, y luego la sonrisa vuele lejana, no importa si me será cruel. Yo, en rigor, no lo sé todo.

¿Te acuerdas, Julia?

Lograste una buena calificación en el primer semestre, Julia; sé que no la más alta, pero sí un convincente 8.5. Me di cuenta de que con Borges no lograste la profundidad que esperabas, pero con los textos de Cortázar estabas encantada y me entregaste un ensayo de buen nivel. Lo mismo sucedió con *Así en la paz como en la guerra* de mi tocayo Cabrera Infante y en cuanto a uno de los clásicos, Antón Chéjov, te percibí contenta y la antología del autor ruso la comentaste con certeza e, incluso, sin yo pedírtelo, comparaste su técnica narrativa con algunos relatos de Raymond Carver a sabiendas de que Carver adoró y enseñó a Chéjov. Al inicio del curso, cuando me preguntaste si íbamos a leer mis cuentos, te respondí que no, que yo no acostumbraba incorporar el análisis de mis cuentos en estas clases, ya que no me parecía ético autopromoverme ante mis alumnos. No tomaste en cuenta mis comentarios al respecto, Julia, y te pusiste a leer mis cuentos reunidos y el siguiente libro que contenía textos de diversas tónicas, incluso divididas en secciones claras, que iban de lo luminoso a lo oscuro y la ominosidad, incluyendo además un bloque de cuentos de ciencia ficción a pesar de que el medio ambiente literario de nuestro país es un tanto chabacano y ve mal que los escritores "serios" abordemos la ciencia ficción, cuando tenemos ejemplos de autores universales que, sin pruritos, abordaron ese género y tenemos ahora *1984* de Orwell y las obras de Huxley, Bradbury, Asimov o Stanislaw Lem, el autor de la gran *Solaris* y la premonitoria *Congreso de futurología*. Entiendo tu inquietud y esa necesidad tuya de saltarte las sugerencias de los profesores, como aconteció también en la clase de ensayo literario impartida por el maestro Lara Zavala, con quien platiqué de tu caso, Julia, pero ambos coincidimos en que era mejor una alumna como tú, inquieta, que se saltaba las reglas y los límites docentes e incluso los personales en la academia con el fin de ir más allá en su autoaprendizaje.

Entiendo que cuando empezaste el curso a principios de año ya eras una joven mujer rolliza, pero en rigor estabas en esa época en que la mujer va a dar el desarrollo y que ese embarnecimiento se va a extender y a diversificar mientras el cuerpo cobra más altura y le viene luego, de súbito, un cierto adelgazamiento; sin embargo, en tu caso, quizá te falte un poco de tiempo más en tanto que robusteciste otro tanto, sin contar que tus senos, Julia, así bajo tus suéteres, tus playeras o tus blusas con los dos primeros botones abiertos, son grandes ya y supongo que seguirán así aunque logres el estirón, lo cual hará que sobresalgan un poco más en tu probable cuerpo delgado o semidelgado (dependerá entonces de tus dietas).

Me llamaste empezadas las vacaciones con el motivo de que deseabas que te ayudara a profundizar en la técnica narrativa de Juan José Arreola, en especial en torno a sus construcciones poéticas y cómo éstas iban transformando la historia del texto y, en especial, las características de sus personajes; estaba seguro de que nunca te había dado el número telefónico de mi casa, Julia, y te lo dije, además de comentarte que estaba ocupado, terminando una novela y que arreglaba un poco mi biblioteca, ya que durante el semestre no había tenido un instante para acomodar en su sitio los libros y los documentos que fui usando en tu clase y las demás que imparto. Sin embargo, me recordaste —oh, mi maldita memoria— que cuando empezaste a realizar la comparación Chéjov-Carver, me pediste el número del teléfono de mi casa e, incluso, el de mi celular, y que te los había otorgado y argumentaste que en el momento en que te los dicté estaba metido de cabeza en varios exámenes en la biblioteca de la escuela y que te los proporcioné casi de manera automática. No pude contradecirte, Julia, porque sé bien que mi memoria es en suma defectuosa en especial en asuntos cotidianos; en cambio para la cátedra hay un dispositivo en mi cerebro que atrae en el momento oportuno la información académica necesaria, además de las conexiones entre varios de sus elementos. Fuera del aula este mecanismo se guarda de inmediato y me instalo en la cotidianidad más habitual, lo cual me agrada pues estar pensando de forma constante en literatura es agotador y molesto; por ello, al cerrarse esa puerta, se abre la de la música, la de las obras de arte, la del amor, la de la danza, la de los guisos exquisitos que me agradan y otras dimensiones más, desde luego no en rebaño, sino de manera selectiva.

En fin, me pediste la cita, Julia, y lo pensé más de dos veces, pero encontré una forma de trueque y te dije que vinieras, pero a cambio de ver los procesos narrativos de Arreola, me ayudarías a acomodar parte de mi biblioteca y mi documentación. Me di cuenta de que no te importaba la tarea que podía imponerte con tal de avanzar en las técnicas literarias del autor jalisciense. Quedamos en que vinieras después de la comida de este día y en efecto llegaste a las seis de la tarde. Traías, Julia, una delgada playera de algodón azul claro y en el pecho un estampado en blancos, grises y negros de algunos edificios de Los Ángeles; en una bandera grisácea en la azotea de uno de los edificios bajos, con letras negras decía *I'm yours* y entendí que era una propaganda de la ciudad más famosa de Estados Unidos.

Te ofrecí un café que aceptaste, Julia, y nos sentamos en la salita de mi estudio y elegiste un sofá de cuero guinda, mientras yo lo hacía en mi sofá rojo de tela aterciopelada; al centro, en la mesita puse algunas galletas y comiste varias. Empezamos a conversar sobre Arreola y traías algo avanzado tu análisis, así como los atorones que te llevaban a varias preguntas, en especial el procedimiento. Te comenté que a través de los recursos poéticos que en la mayoría de las ocasiones, en especial en la poesía, cumplían la función de decir algo, una situación, las emociones, de otra manera, con imágenes, aspectos que en el trasfondo de la metáfora se mostraban con valor alegórico y, por lo tanto, mucho más profunda y sensible y que esto le daba potencia expresiva al poema, Julia, pero que Juan José Arreola, en sus ficciones breves, utilizaba los recursos para metamorfosear las cualidades de sus personajes y de sus ambientes, en tal medida que cuando iniciaba el texto el personaje era uno y el ambiente otro, pero con el proceso de ir creando imágenes, de pronto el señor robusto y mal encarado aparecía como rinoceronte y su dormitorio era ya una especie de zona selvática y que tú, Julia, debías ir leyendo con cuidado los textos para descubrir la metamorfosis con la que terminaba la ficción breve, y cómo mostraba un carácter específico del personaje que, al final, resultaba una sátira de ciertos comportamientos humanos y, además, parte de un bestiario.

Mientras tanto, tu cara se iba iluminando y me reiterabas partes de lo que te había dicho como para que no se te escaparan, Julia, y luego preparabas los puntos de análisis de varias ficciones que te interesaba desentrañar de nuestro mejor cuentista, Julia, y así te dispusiste a transcribir varios de los puntos que íbamos tratando de tu libreta. Aproveché el momento en que escribías con tu pluma fuente Sheaffer con esa letra pequeña aquello que habíamos intercambiado, para ir yo al tocador y además echarme un poco de agua fría en la cara, pues me encontraba un tanto decaído y un poco amodorrado después de la comida que me resultó pesada, en especial por el bife a la pimienta. Tú te quedaste escribiendo con tus filigranas diminutas que eran palabras y señales como globitos, flechas, paréntesis, varias tachaduras. Me disculpé al alejarme y me miraste sonriendo con esas mejillas sonrojadas, las de siempre.

Al regresar, como seguías de espaldas al camino que había yo tomado y por el cual ahora retornaba, me acerqué por un ala tuya para ver cómo seguías escribiendo tus letras diminutas, giraste un poco, Julia, y habías dejado tu libreta y tu pluma sobre la mesita; estabas como recostada contra el sofá guinda que podía mover el respaldo hacia atrás con una discreta manivela que ya habías encontrado. Caminé hacia la mesita, giré para verte de frente y ahí estabas con una sonrisa casi recta con tus dientes blanquísimos donde tu labio inferior era un poco más grueso, tu pequeña nariz recta, tus mejillas más sonrojadas, tus ojos brillaban entre el rímel al borde de tus párpados y sobre tus pestañas un tanto grandes y curvas; descubrí entonces tus circulares aretes azules claros entre tu melena negra. Te subiste la playera azul de L.A., el brasier rosa violeta lo rompiste por el medio, tomaste por los costados tus senos grandes y los acoplaste hacia el centro; tus pezones, más rosados que cafés, eran amplios y se complementaban con el anillo grande de zafiros que portabas, acentuaste tu sonrisa y en un gesto ya demasiado sensual te incorporaste un poco y me ofreciste los senos, juntándolos todavía más, lo cual los hacía más cachondos.

Yo estaba a punto de lanzarme sobre ti, Julia, pero me detuve pensando en que si esto se sabía en la escuela, es decir que si avanzaba hacia ti y te empezaba a besar los pezones y a coger tus senos con fuerza y se sabía en la cátedra, yo sería suspendido y, lo más seguro, perdería hasta los años acumulados para la jubilación, sin contar que sería denostado por haberle hecho el amor a una menor de edad y quizás hasta a la cárcel podía ir, Julia. Tú me dijiste con voz suave "Ven, mi vida", tuteándome, te levantaste la faldita de cuadros negros y blancos y me enseñaste tu sexo con humedad ya un tanto blanca y supe que desde que habías llegado a casa no traías pantaletas, sino sólo esas medias de mallita oscura desde las que brotaba con claridad tu piel demasiado blanca; las franjas delgaditas del liguero cortaban en dos tus muslos y la blancura de ellos resplandecía con potencia. Con la manivela echaste más hacia atrás el respaldo, abriste las piernas en tijera y miré que tu pubis no era tan pequeño, Julia, y que ya despuntaban leves matas de vellos a uno y otro lado de tu sexo mojado. "Ven, mi vida, nadie lo va a saber; métete en mí. ¿No has sabido todo el tiempo que esto es lo que he querido de ti?", dijiste y al oír ese "... he querido de ti...", con toda conciencia, olvidado de la academia, de la jubilación, de la cárcel, Julia, me desvestí, te besé y te mordí los pezones, tú jadeabas, levantaste otro poco las piernas y te introduje mi verga hinchada de un envión, empezaste a mover la cadera en círculos y, al mismo tiempo que yo empujaba mi sexo hasta topar con tus interiores, detenías el movimiento circular para empujarte hacia delante; luego de un rato no muy extenso te veniste con grititos agudos y los ojos verdes perdidos entre los párpados, hacías luego unos nuevos lentos giros y volvías a tomar el ritmo, la sonrisa amatoria, los jadeos, te apretabas los

140

senos, te los chupaba y volvías a venirte; en la siguiente vuelta, cuando ibas por tu tercera ocasión, me abandoné con metidas severas, Julia, y antes de venirme dentro de ti, saqué mi pene y me vine, encantado, primero en tus senos y luego en tus labios, los cuales abriste para introducirte mi verga hasta topar con tu garganta y allí descargué el último chorro de semen.

Me separé de ti, me puse en pie y te miré desde arriba y tú, Julia, continuabas con esa sonrisa entre demasiado erótica e infantil. Más tarde hiciste una llamada a tu casa y te fuiste cerca de la medianoche y la verdad no retuve las veces que hicimos el amor aquel día, ¿te acuerdas?, Julia. Pronto llegaste a los 18 años y te viniste a vivir conmigo a contrapelo de tu familia de alta sociedad; tenemos dos hijos, un varón y una mujer. Mis hijos mayores son como tíos de ellos. Ahora no sólo has publicado varios libros, dos con premios importantes, sino que ocupas la plaza que dejé con mi jubilación y le aclaras a tus alumnos el proceso metafórico con que Juan José Arreola transforma personajes y situaciones, metamorfoseándolos y cómo un señor insufrible termina como rinoceronte. ¿Te acuerdas, Julia, mi amor?

Y a pesar de los años que han transcurrido y de la edad que me ha infortunado, bajas un tanto tu brasier rosa-violeta, Julia, y tomas tus pezones grandes de senos hoy más grandes, por no decir enormes, frente a mi cara recostada contra el cojín azul cobalto y te observo con ansiedad. Tus índices y pulgares levantan otro poco tus senos y aprietan más los pezones, Julia, y tu cabello rubio hasta los hombros se ha dividido en dos: el que veo a la izquierda se ha colocado casi sobre tu ojo glauco y el de la derecha permanece suelto a su costado. Bajo tu frente amplia, Julia, tus cejas finas dibujan dos rayas semicurvas sobre tus ojos achinados con levedad y al centro tu nariz fina baja hacia un poco de amplitud en torno a tus delicadas fosas nasales; abres, Julia, un buen tanto tu boca de labios algo gruesos y un poco largos, mostrando tu dentadura correcta de dientes firmes y blanquísimos. Tu piel, aunque blanca, tiene una levísima tonalidad sepia por nuestras vacaciones; tu mirada arbórea, casi gris, es firme y tus ojos apenas achinados, con el rímel justo, me miran con franqueza mientras tus dedos, Julia, levantan otro tanto tus senos y se me hace notable que te oprimes más los pezones. Estás como a punto de decir algo pero sabes que me lo estás diciendo todo y permaneces en silencio; adelantas con lentitud tus muslos hacia mi pene, Julia, mi Julia, sin dejar de mirarme a los ojos. De forma ligera levantas tu sexo desarrollado, hoy grande, hasta ponerlo en la punta roma de mi verga y percibo de inmediato la humedad que se resbala sobre mí, Julia; siento al fin tu peso en mi vientre y, sin gran dificultad, te encuentras metida en mí, Julia, sin cambiar un ápice la mirada, tu cabello, los dedos que aprietan tus pezones, la forma sensual de tus labios, la colocación de tu cabello, el brasier rosavioleta caído apenas en tu pecho. Lo único nuevo, Julia, mi Julia, es un etéreo gemido en el instante en que tu cadera empieza a girar en torno a mi pene.

3. El señor Strogoff

El cine fastuoso

Allí se encuentra ella, Rose Mary, al pie de las escaleras que dan a la sala del cine. Tiene la mano derecha sobre la barbilla; la izquierda pasa bajo sus generosos senos. Lleva zapatos negros de tacón bajo con una correa que los detiene en la baja espinilla y un ligero abrigo largo, gris oscuro, que roza apenas sus tobillos pero que permite ver su piel blanca. Arriba de su cabello rubio y su cara hermosa, sobre todo por la nariz recta un tanto respingada, se encuentra una lámpara de tres farolas que alumbra con levedad la pared leonada y las semiabiertas cortinas púrpuras que llevan a las escaleras alfombradas de encarnado. Del brazo izquierdo de la mujer pende un pequeño bolso negro con una discreta cadena dorada.

No podemos adivinar qué piensa, pero es posible, por su postura, que se encuentra atrapada en medio de una indecisión, una encrucijada, o como queramos llamarla, evaluando si termina con el hombre que está dentro del cine, olvidado de ella, o aparentando que no le interesa la mujer.

Al fin se decide, mueve su cuerpo desentumiéndolo y camina hacia las escaleras con lentitud, sube por ellas con el mismo ritmo y entra en la oscuridad del cine. Le sorprende la opulencia de la sala; no existe el tiempo para ella ante las imágenes en blanco y negro que se proyectan en la pantalla y sabe que los que miran la película, no muchos, se encuentran atrapados en un momento de aislamiento de unos respecto de los otros. Le sorprende, sin embargo que, a pesar de la oscuridad, haya, en distintos sitios, luces ligeras casi color ladrillo.

Rose Mary localiza al fin la hilera donde se encuentra él y otras pocas gentes; se sienta a su lado y manifiesta, o actúa, con cierta sumisión. Abre su bolso, saca un pequeño revolver, quizá calibre 22; como el hombre está actuando como si ella no se hubiera sentado junto a él, la mujer acerca, con cuidado y lentitud, el arma a la sien del hombre y dispara dos veces. Un leve humo se esparce en torno de la cabeza del hombre; como la gente se encuentra absorta ante la película de título *El halcón maltés*, suponen que los disparos leves son parte de algún efecto del filme en esa escena donde el detective responde a los disparos de sus perseguidores.

La mujer rubia se levanta, guarda el revólver y ya no mira que el hombre tiene la cabeza ladeada, como dormido, y que para él se acabó el cine para siempre. Ella regresa por las mismas escaleras y con el mismo ritmo lento; sale del fastuoso cine, toma un taxi amarillo y se dirige hacia donde vive la amante del hombre. Habían estado casados poco más de siete años; siendo ya autoviuda nunca llegarían los ocho.

Sólo de pensar en el cabello oscuro de aquella mujer y ese porte de arrabalera que siempre ha tenido, la sangre le sube a las mejillas de por sí sonrojadas.

El grito

Una mujer desnuda de la cintura hacia arriba, de piel muy blanca, eleva los brazos, sosteniendo un enorme manguillo con plumilla. El pintor, con trazos veloces, la sigue coloreando sobre la tela. En un momento dado, ella le dice al artista que no cree aguantar más tiempo. El artista le responde, un tanto molesto, que él le paga por hora. Ella le contesta que debió mandar a hacer un manguillo con madera menos pesada. El pintor le contrarresponde que no llevan trabajando ni siquiera cuarenta y cinco minutos y que se aguante. La modelo, ahora también enojada, le avienta el manguillo al pintor. La plumilla se clava, con exactitud, en el corazón del hombre, quien empieza a caer de espaldas, intenta agarrarse de las cortinas, detrás de las cuales se desvisten y visten las modelos, pero sigue cayendo con todo y cortinas, bancos, telas preparadas, otros triques, hasta que se derrumba, de un golpanazo, contra el suelo. La mujer se lleva la mano derecha hacia la boca abierta, tan abierta que recuerda el famoso cuadro de Eduard Munch titulado *El grito* donde un ser, quizá un hombre extraño, lleno de angustia o pánico, tiene abierta una bocaza al atravesar un puente.

Mientras la modelo intenta tapar su desnudez, mira al pintor, con seguridad muerto, y se da cuenta de que el artista se va desdibujando hasta desaparecer en manchas diversas, mientras el manguillo cae de forma estruendosa sobre el piso de duela y se derraman los breves botes de pintura en el suelo, creando poco a poco, junto con las manchas que son el pintor, un cuadro abstracto, corriente pictórica que el artista despreciaba.

Pipa, pipeta o puro

El hombre que fuma puro en la ventana platica con las nubes que pasan; les manda dardos de humo. Las nubes le regresan granizo. El hombre cierra la ventana, da una fumada profunda al puro, mira hacia el horizonte y avienta donas humeantes que se deshilachan contra el vidrio; a veces, antes de estrellarse contra la ventana, por el centro de la dona pasa un mosquito en un azar sorpresivo que el hombre no volverá a repetir. Las nubes que pasaban se fueron a lloviznar en otra parte.

Una mujer, desde la banqueta de enfrente, ha observado la conversación entre el hombre y el cielo. Abrió una sombrilla de flores cafés y amarillas; y cuando pasó la granizada, lo cerró. La mujer no se decidía entre elegir la fascinación del momento de magia que observó, o analizar el mecanismo por el cual un puro habanero puede transformarse en una cerbatana primitiva.

La mujer se puso a morderse las uñas, pero ya no tenía uñas que morderse. Le quedaban ciertas protuberancias córneas que simulaban algo muy distante de las uñas. Decidió, entonces, ponerse unos guantes tejidos color sepia. Abrió de nuevo la sombrilla y se fue a buscar la lluvia. A nadie le preocupó la mujer que llevaba un paraguas desplegado, sin sol ni lluvia ni nada de los cuales protegerse.

Sólo un niño puso atención en la mujer. Jugaba, disimulado, con un balero e intentaba capiruchos sin agarrar la cuerda. Fallaba y fallaba pero veía y veía. La mujer del paraguas abierto era la madrina de su mejor amigo del colegio. Soltera de toda la vida, aunque fuera aún joven. A ella le gustaban los hombres que fumaban pipa, pipeta o puro. Le recordaban el momento en que los buques abandonan el muelle y lanzan aquel sonido que semeja más un adiós quejumbroso para siempre, que un hasta pronto de esperanzas. La mujer tenía una colección de sombrillas, de pañoletas y guantes. Las pañoletas se las ponía para ir al malecón, le aleteaban en el cuello como mariposas nocturnas, a pesar de que las pañoletas tuvieran anaranjados encendidos, tulipanes inflamados, o amapolas coquetas aquí y allá entre la vegetación gris de la seda.

Porque vivía en el piso de abajo al del hombre del puro, el niño sabía también que este hombre acostumbraba escribir historias donde un hombre de puro aparecía observado por una mujer; la mujer usaba distintos tipos de sombrillas, pañoletas y guantes. Algún día, el hombre hubiera bajado, en el momento de la granizada, por ejemplo, y le invitaría un café a la mujer de los guantes sepias. Pero el hombre sabía que el esfuerzo resultaría inútil, pues la mujer había nacido para ser soltera toda la vida, a pesar de que aún fuera joven. Ella estaba enamorada de los adioses en el mar.

Entonces, el hombre se aleja de la ventana y va a sentarse frente a su máquina de escribir. Escribe una historia en la que un niño juega al balero, el niño ve a una mujer de guantes tejidos color sepia, que es madrina de un amigo suyo. Es la mujer que usa sombrillas sin ninguna necesidad y es la misma que mira al hombre del puro, la que va al muelle a despedirse de nadie y que vive en el piso de debajo de un hombre que escribe literatura. La mujer siempre ha tenido miedo a subirse en un barco y, como le gustaría casarse con un hombre que fume pipa, pipeta o puro, y hacer su viaje de bodas en barco, nunca se va a casar. Se quiere morder las uñas, pero ya no tiene uñas. Entonces, comienza a morderse los dedos hasta que se queda sin una mano.

Los degustadores de personas

Nos comimos, en estofado, la pierna izquierda de la vecina más escandalosa del edificio. La sopa fue de ojos sin pestañas de las policías mujeres de la Alameda Central. A todas las desojadas las llevamos a la escuela de ciegos, muy modernizada, que está en el Centro; no hay que ser tan deshumanizados, nos dijimos.

El resto del cuerpo de la gritona del edificio se lo mandamos a unos amigos que tienen muchos hijos y no les alcanzaba el cuerpo de una sirvienta chismosa de su calle. Con sus cabellos, nos comentaron, hicieron zacates; con las uñas de los tres pies y las cuatro manos diseñaron una pulsera para nuestra hija. Es decir, tendemos a reciclar lo no degustable. Con los huesos de las piernas hemos hecho palos para tocar percusiones. Suenan estupendo. Y con los otros alguna que otra artesanía.

Alejandra, mi mujer, se desayunó mi mano izquierda y se hizo unos aretes con mis uñas. Me dejó la derecha para que yo pudiera seguir escribiendo; de cualquier manera, la izquierda apenas me servía. Por fortuna no soy zurdo.

Yo le comí los dedos gordos de los pies, los puse a hervir a término medio, les unté jalea de tamarindo y les pegué chile piquín; me supieron más sabrosos que los tamarindos chilosos que venden en los puestos misceláneos de la calle. Las uñas se unieron a sus aretes. Ahora se ven más estéticos.

Al esposo de la gritona, que también es gritón, le cortamos la lengua y se la dimos al gato Jeremías. A ese señor nos lo comeremos mañana sábado, pues en la noche de mañana tendremos cena con nuestros amigos por el cumpleaños de mi mujer. Y no son pocos los amigos; a veces uno no sabe de dónde salen tantos amigos cuando hay fiestas. Será una comilona.

Los demás degustadores de personas del mundo se van incrementando poco a poco y, en rigor, no estamos instituidos; las organizaciones libres son ya profusas y de diversos gustos culinarios. Yo, por ejemplo, no me comería a un chino, pero a Felipe, mi compadre, le encantan. Y su afición se extiende a los mongoles y, desde luego, a los japoneses.

Cuando ya no quede nadie a quien comerse ni nadie quien coma personas, el mundo estará más tranquilo; quizás algunas especies animales en extinción todavía logren salvar a uno que otro ejemplar, quizá queden dos o tres ríos en funciones, etcétera. Bueno, aquí me detengo porque mi mujer me está gritando que ya está preparada la cena con un brazo del vecino gritón. Dice que lo preparó con mole oaxaqueño. Se me hace agua la boca. Bueno, chao.

El caso de la mujer azul

Llegó a la habitación el investigador privado George Harrison, al cual le hacían bromas por llevar el nombre análogo del beatle fallecido de cáncer. Ya se encontraban allí el inspector en jefe de la policía de New York y su grupo de ayudantes, moviéndose de un lado a otro y con el manejo de una serie de aparatos de exquisito escrutinio. Harrison miró hacia la cama a la mujer rubia apenas recostada de lado sobre una colcha blanquísima; vio que la cara de la mujer, Jennifer Scott le habían dicho, tenía apenas un dejo de dolor como si la vida no le hubiera alcanzado para dolerse del todo. Distinguió que era una mujer hermosa, limpia, cuidadosa, ordenada, al pasar la vista sobre los objetos que le pertenecieron a ella.

En el lobby del hotel, los reporteros estaban ansiosos por entrar, inquirir a todo mundo y sacar fotografías de aquí, de allá y acullá, pero el inspector oficial le había ordenado al gerente del hotel Le déluré nuit ("La noche avispada"), cuyo dueño tenía debilidad por lo francés como muchos neoyorkinos y estadounidenses en general, tal vez por envidia soterrada o por la costumbre de plagiar a Europa.

—A esta mujer la envenenaron antes de llegar al dormitorio, le aventaron tinta azul como si fuera la firma del asesino, el cual podría convertirse en un asesino serial —dijo el inspector en jefe de la policía de NY.

Harrison lo escuchó mientras examinaba de muy cerca la mancha azul sobre la bata de la mujer y la salpicadura que se encontraba en el plexo solar de la víctima; vio que el líquido azul se concentraba donde empezaba la boca del estómago y disminuía hacia el pecho, el cuello y el mentón, más una que otra gota en la cara, creando una especie de mapa de un archipiélago que en torno de cada isleta había algo como una ligera playa blanca. Hay una mancha un poco más intensa en la nariz debido tal vez, se decía George, a que la mujer se llevó la mano hacia allí en un leve instante de desesperación por ganar respiración; además, aunque ella tiene el cuello largo y agradable, se nota el intento de alargarlo otro tanto con el afán de rescatar otro poco de aire. Miró también que la mano izquierda de la víctima sujetaba con fuerza la orilla de la bata como jalándola, lo mismo que la derecha pero con levedad, pero entre ambas lograron hacer una V en el pecho de senos quizá no tan pronunciados. Sobre la colcha se diseminaban las gotas azules, lo que le sugería que el líquido le fue lanzado con fuerza hacia el pecho y de ahí saltaron las gotas en torno de la mujer. Su escrutinio visual fue lento y meticuloso, ya que observaba cada gota por mínima que fuera y en el sitio que se encontrara, sin importarle que el tiempo hubiera rebasado ya las tres de la madrugada sin darse cuenta.

—Creo que es tiempo de cerrar el caso, que se lleven el cuerpo y que la autopsia nos explique qué tipo de veneno ingirió la víctima —ordenó el oficial inspector neoyorkino sobre el oído de George, quien pareció no escuchar y todavía se quedó agachado hacia la mujer hermosa unos minutos y luego se enderezó y se puso frente al policía en jefe de New York. Carraspeó un poco para entonar la voz y dijo:

—Mire, teniente Wilkins, no puede cerrar el caso y ahora le explico por qué. La víctima no ingirió ningún veneno, el líquido azul no es tinta y el asesino no será serial. Cuando mucho aparecerán un par de personas asesinadas de manera semejante a la de la señora Scott, que pueden ser hombres también, o casi seguro.

—No me diga usted esto y a estas horas…

—Déjeme seguir, plis —dijo en voz alta Harrison—; y no importa la hora. Este líquido azul es un químico de nueva generación que, por otro lado, no se produce aquí. Todo su equipo que nos rodea y nos escucha no pudo darse cuenta que no todas las manchas son azules. Fueron azules pero se han ido convirtiendo en sepias y algunas, de hecho, han tomado ya un color café firme y son las que, de forma paulatina, han ido carcomiendo la piel y en algunas partes la carne misma. Y no es lejano que bajo la gran mancha azul sobre el plexo solar haya trasminado piel, músculos y arribado a los pulmones, donde generó lesiones severas que causaron asfixia en la víctima de forma rápida. Entre más tiempo pase, este químico irá carcomiendo este cuerpo tan bello. La infusión ha sido producida, con alto grado de probabilidad, en Rusia y el incidente está ligado a cuestiones de narcotráfico o de orden político, pero eso ya le toca a usted investigarlo. A mí sólo me contrató la abuela de la señora Jennifer Scott con el fin de saber cómo había muerto su nieta; y le pido, teniente Wilkins, que le avise a la abuela en qué momento tendrá disponible el cadáver de la señora Scott, pues desea realizar un sepelio con todas las normas.

—Pero su dicho me suena a un gran disparate.

—La gente que realice la autopsia se va a topar con un gran enigma; es lo único que puedo decirle al respecto. Y un último favor: revise la bitácora que trae en las manos y dígame si hay algún nombre de origen ruso entre los que ha reunido su equipo.

El oficial hojeó sus papeles, leyó aquí y allá, detuvo el dedo índice en algún sitio de alguna página… Levantó la cara ahora un tanto ruborizada y miró hacia George Harrison.

—Sí, aquí tengo uno: es Fiodorovitch Kérenski…

—Le deseo una buena investigación y no deje de entregarle un exacto informe a la abuela Scott en su momento. Con permiso, ella me está esperando…

Y Harrison, antes de salir, miró contristado el precioso cadáver de Jennifer. En la habitación sólo quedó el aroma a tabaco de la loción de George.

Sueño realizado

Leticia pensó que estaba recibiendo un cheque certificado por 85 pesos pero su banco, por error, lo hizo por 48.7 millones de pesos. Al día siguiente, Leticia fue a cambiar el cheque sin haberse dado cuenta de la equivocación, hasta que el banco le entregó dos cajas repletas de billetes de 500 y ella salió directa a su casa. De inmediato preparó una maleta de ropa y dos con los billetes; mientras subía las maletas a su auto, se pensó narcotraficante, bueno, que así deberían sentir los narcotraficantes cuando viajaban con tanto dineral y le gustó la idea. Llegó a la ciudad de Yucatán que tanto le gustaba. Estuvo en un hotel por una semana; consiguió a un abogado quien, por una recompensa valiosa, le consiguió nueva acta de nacimiento. El mismo abogado adquirió una casa a gusto de Leticia en una zona residencial estupenda; y ella compró un nuevo y aerodinámico automóvil con quemacocos, obtuvo muebles, cortinas y adornos; todo estupendo, agradable. Y se cambió. Contrató a uno de los mejores cirujanos de la ciudad, quien le puso una cara y un cuerpo lindos como de actriz de TV; de nuevo, con ayuda de su abogado, sacó otros documentos de todo, como credencial de elector, pasaporte y otros similares. En un restaurante lujoso conoció a Christopher y no tardaron en vivir juntos en la mansión de ella, quien le compró un auto confortable a él. Un domingo que paseaban cerca de la plaza mayor, desde dos automóviles los ametrallaron. Durante un tiempo no corto, Leticia y Christopher parecían muñecos de trapo que no terminaban de caer al piso debido a las ráfagas de tiros que los mantenían en pie y formaban especies de estrellas de ropa y sangre en la pareja hasta que ambos se desplomaron. Cuando los automóviles partieron y se esfumaron, la gente de la plaza mayor seguía corriendo hacia distintos puntos, alejándose del traca-traca. Al día siguiente, los diarios de la localidad, en sus titulares a cuatro columnas, informaban que el narco Lino Téllez, alias El Christopher, había caído despedazado junto a una mujer guapa, su cómplice.

los malevos

por la rendija que dejaba la cortina roja y portando una metralleta AK-47 indagaba cualquier movimiento fuera de la casa mientras en las otras ventanas incluyendo la de la cocina Rogelio y el Cuau además de la Yola pulsaban armas semejantes a la mía exceptuando a Rogelio que traía sobre el hombro una bazuca recortada ante la cortina roja del otro lado de la puerta al paralelo de mí pues supusimos de acuerdo a la información que me llegó de última hora que El Chino ahora iba a cambiar táctica y en lugar de atacar por la parte trasera como era su costumbre en sus petardeos ahora quería sorprender por delante y el asunto de haber elegido esta forma de asaltar nuestra casa era que enfrente de ella tenía varios árboles con el fin de parapetarse tras ellos y avanzar hacia nosotros si lo hacía con precaución y de la táctica del Chino no dudábamos en tanto que era una banda que había permanecido en el mercado por casi década y media y ni los Julios ni los Erres pudieron con ellos pues los dejaron para el arrastre y los descuartizaron esparciendo después segmentos amarillosos de cuerpos en el territorio de los derrotados y los miembros que sobrevivieron se volvieron chinos pa luego es tarde y mientras pensaba esto me di cuenta de que ya había movimientos entre los árboles más lejanos y me miré con Rogelio haciéndole la señal de aguante y dejar que avancen hasta tenerlos seguros a tiro dándonos cuenta de que el ataque era semicircular en tanto que la Yola nos hizo la señal en la cocina de que estaban cerca también por ese lado izquierdo lo mismo que el Cuau quien vigilaba la zona lateral derecha desde el baño y entonces supuse que iban a iniciar por los costados y que la cocina era en apariencia la más desprotegida y entonces hice el cambio de inmediato de Rogelio a la cocina y la Yola a la ventana de la derecha frente a mí y al observar los movimientos de una y otro saltaron a mi vista los cubremuebles blancos de flores canela y azules que había puesto mi esposa en ellos para que no se fueran a ensuciar sin imaginarse que a la casa se la podía cargar su putísima madre si Los Chinos nos rechingaban pero ya veía un par de árboles a la derecha que se concentraban unos tres hombres y de pronto miré saltar del lado izquierdo a dos cabrones con metralletas cortas pero el bazucazo de Rogelio casi los desapareció convertidos en picadillo y que ni señal de los sesos se podía hallar sino como si hubieran untado las cabezas en el pasto entre algunos troncos y los hombres de la derecha se replegaron unos metros y di entonces la indicación de que la Yola regresara a la cocina y que Rogelio se apostara de nuevo en la ventana opuesta a la mía y medio le indiqué la necesidad de que vigilara más bien hacia la derecha de la casa por donde no tardarían en asaltar los tres que había yo divisado y lo mismo le indiqué a Rogelio para que desde el baño no los dejara en paz rafagueándolos y sin darnos cuenta una explosión voló la puerta de entrada con parte de los muros y reventó con esto los ventanales al lado de los cuales nos apostábamos Rogelio y yo trastabillando ambos y espantando el humo de la polvareda nos reincorporamos y en ese momento la Yola chifló en señal de que avanzaban por el centro y un rafagazo del Cuau desde el baño los hizo retroceder un poco llevándose una pierna de entre los cuatro que intentaron traspasarse hacia adentro por el boquete de la expuerta pero en eso casi un par de segundos después del rafagazo del Cuau mi buen Rogelio exponiendo el pellejo y la jeta se colocó en el centro de la inexistencia de la puerta de entrada que mi vieja había traído de Pátzcuaro y entre el humo que hacía como caracoles grises Rogelio les soltó el bazucazo y en medio de la humareda de tierra y pólvora no lográbamos ver el resultado pero tanto la Yola como el Cuau hicieron la señal de que se venían en bola disparando metralla hacia los cuatro puntos donde sabían ya desde donde les estábamos atizando y se apareció un bazucazo de afuera que hizo cachitos el baño con todo y el Cuau adentro y no quedó vivo ni pizca de mi amigo y ni un solo cristal ni herrería del baño de lujo de mi vieja pero al notar que ella era otro objetivo importante a redimir la Yola se tiró al piso y se levantó rapidísimo y pegada a su lado derecho junto al fregadero los rafagueó cargando dos veces la ametralladora y se tiró al suelo otra vez girando y recargando de nuevo su arma y poniéndose de pie otra vez pero agachada contra el fregadero y me di cuenta de que de las cortinas de mi mujer quedaban nada más que la pura orillita de arriba como si las hubieran peluqueado y entonces escuché el segundo bazucazo de Rogelio desde la ventana hacia los árboles centrales tumbando dos que al dar el azotón retumbaron hasta la casa y se hizo el silencio pero logramos escuchar pasos que se alejaban y di luego luego las órdenes de salir sobre los restantes cambiando Rogelio la bazuca por una AK y fuimos tras ellos pero en chinga y a no muchos metros los fuimos cazando y todavía escuchamos los pasos últimos de alguien que ya corría fuera del jardín por la banqueta y Rogelio y yo nos fuimos sobre quien intentaba echar a andar un Cadillac arreglado y metí la mano para atorarlo por la garganta y cuando el hombre giró hacia mí y noté la cara pálida del Chino que era más prieta que el chapopote y se me quedó viendo a los ojos y supo sin decírselo que estaba frente al Charrascas como me habían bautizado los periódicos y con la pura mirada me dijo que nos fuéramos con él para darnos la dolariza que le quedaba que sería mucha y le quitamos todas las armas y el parque que traía dentro y en la cajuela de su carrazo y salimos en tres carros cubriéndolo quitándose a nuestro paso las patrullas y los carros de judiciales apostados que cubrían la salida de la calle y en cosa de hora y media el Chino pidiéndome ya en voz alta en el bajopiso de su casa de seguridad que nos lleváramos todo el dinero y que se unía a nosotros bueno a mí corrigiéndose ante el mero jefe Charrascas y con lo que dijo me bastó pa meterle dos tiros en la frente con mi revólver de colección "esmit an güeson" porque el Chino había nacido para jefe y a estos hay que ejecutarlos sin miramientos como tal vez me llegue a suceder a mí pues no estoy para servir a ningún malevo como yo ni mucho menos a ningún policía ni a político de ningún nivel porque todos somos puros hijos de la chingada

Sólo sentía ruidos

Jannett trajo el ruido intenso en la cabeza durante cuatro años. Esto le vino dos años antes de que rompiera con Robert, con quien duró ocho, luego de que salieron de la universidad. Visitó médicos diversos pero ninguno le quitó el ruido. Salió con varios prospectos, simpáticos e inteligentes, además de guapos. Y supo que no eran los hombres, sino la familia, esta maldita Nueva York, los comercios y el país completo. Odiaba Kansas City, de donde provenían los abuelos. El ruido se le fue al cuello, a brazos y cuerpo. Veía pero no miraba. Oía pero sólo ruido. Sentía, en rigor, sólo ruidos. Ya no escuchaba el exterior. Alguien era capaz de tocarle el cuerpo, pero era como medir la ausencia. Sentía sólo ruidos. Las máquinas estaban ya dentro de Jannett. Trabajaba en el piso 36 del Empire State. En ocasiones había tenido frente a sí algunas nubes pequeñas y le gustaban. Abrió la ventana, se asomó y se aventó con calma. Nunca había sentido el viento tan grato. Su cara, bocarriba, se veía serena y el auto negro 1950 destrozado. Hasta la falda le llegaba un poco arriba de las rodillas, como si hubiera salido de paseo.

La esquina

Cuando la esquina se encuentra sola, aparenta reposo, una quietud mustia. Pareciera que en la esquina deshabitada no sucediera asunto alguno. Sin embargo, por lo pronto, cuatro caminos dobles llegan a ella para indicarle que se encuentra existiendo gracias a ocho movimientos que se han quedado suspensos en su vértice. Si en el lugar donde emerge la esquina no hubiese caminos ni arribaran trayectorias, la esquina no existiría.

Vive a causa de otros: dependencia hacia una externa acción constante que le otorga figura, le niega el total reposo en su soledad y su tristeza. A ella llegan sin duda las calles, transitadas o vacías. Durante los instantes de tráfico ocultan la sustancia perezosa. Y en el momento en que las calles se quedan sin habitantes, flota de inmediato una sutil melancolía que, vista al detalle, no proviene de la ausencia de hombres, sino de que las calles se ven inútiles, tontas, pasmadas, pues son caminos que no se cierran cuando el hombre los ha abierto. Son caminos pegados a la piedra en una servidumbre que se opone al gesto fundador del sendero que se abre en la búsqueda del misterio y luego se cierra. La calzada primigenia que recién se revelaba, volvía a guardar sus bordes.

La obviedad de las calles, que deviene en remedo del andar libre, es lastimosa para sus banquetas y para los objetos que las ocupan. Tal vez cierta superioridad les venga de animar a las esquinas que nunca son ellas mismas, sino fusión de confluencias. Lo importante es que posibiliten la identidad de los impulsos pétreos, asunto que tampoco tiene en rigor una existencia real, debido a que el tradicional cruce de dos líneas, o más, proviene sólo de puntos imaginarios, útiles en lo supuesto, lo teórico y en los acuerdos sociales. O para que el hombre le erija arquitecturas a sus deseos, los cuales son a su vez el antifaz de la desnudez del espíritu.

Por eso la esquina tiene una forma de vida evanescente, en tanto que la crean otros. La apariencia de ser de otros la funde, como espejismo del desierto urbano, si pudiera decirse. A un tiempo, su transcurrir imaginario se refuerza porque depende de que alguien piense que un cruce de caminos puede jugar el papel de esquina. Por contradictorio que parezca, es precisamente por esta operación de pensamiento que la esquina cobra importancia. Y se vuelve aún más significativa sin el concurso del hombre mismo, quien no recuerda que en algún momento remoto él la denominó "esquina", y entonces le parece que la esquina ha estado allí desde siempre, antecediéndolo con sus líneas verticales y horizontales o, de manera invisible, cuando la esquina es trunca y aparece en su lugar una ventana o un breve muro.

Bajo el supuesto de que la esquina es real, el hombre lleva a cabo una serie de acciones en la esquina. Es mucho más lógico encontrarse con una persona en la esquina, que a media calle; en la esquina resulta menos sospechosa. De cualquier forma, cuando la vemos parada a la mitad de la calle, la está excluyendo la esquina. Es inevitable mirarla sin tomar en cuenta la esquina. Inclusive, afirmar que se encuentra a media cuadra quiere decir que está a media cuadra de la esquina. O sea, la esquina nos define en el sitio que ocupamos en la calle. Así se vuelve el punto de referencia de cualquier ubicación: es a la vuelta de la esquina, cerca de la esquina, lejos de la esquina, en la esquina.

La vida de la humanidad se encuentra ligada a las esquinas, exteriores o interiores; siempre hay una esquina, un borde, una orilla, a partir de la cual cambian las cosas, se modifica el espacio o se transforman los elementos y las sensaciones. Pero la esquina de la esquina es la que nos interesa.

A ella llegamos por lo común a realizar en principio una espera que, con buena fortuna, se trasformará en encuentro, en cruce de movimientos: el del taxi, nuestra víctima, el autobús, o el de la otra persona, con nosotros. Se vuelve cruce de movimientos en tanto uno ya realizó el primero en un tiempo, y el otro lo realizará en un tiempo posterior. Hasta un perro o un gato pueden ir al cruce del movimiento inicial. Por dicha descoyuntura temporal existe la espera y la esquina. En tal circunstancia, la espera es sólo la suspensión de un impulso, una pausa en el movimiento; entonces, su naturaleza resulta dinámica aunque incluya la quietud. No supone vacío; es un suspenso lleno de espera que implica también la voluntad de realizar planes determinados, la promesa de una acción. De esta forma, la espera es mustio mutismo en tanto la ocupa una operación que nos tensa hacia una expectativa. Y la esquina ha sido el sitio ideal para estar en una fuerte actividad interior que aparenta inactividad. El hombre que espera va cobrando una naturaleza similar a la de la esquina. Depende del cruce de movimientos y, como las esquinas para ciudades y pueblos, es inevitable que la vida de los hombres se colme de esperas. Es más, desde tempranísima edad muchas de nuestras acciones son movidas por la espera. Estudiamos porque esperamos algo, trabajamos, amamos, nos desencontramos porque esperamos algo, religioso, político, sublime, perverso, inútil, inalcanzable. En las esquinas de la existencia, las más abstractas. Es difícil.

Mientras esperamos en la esquina, tenemos puesta la atención en el futuro, no en la espera; por eso se nos olvida la función de la espera y de la esquina. Cuando en los resultados hay una seguridad mayor y hasta entusiasmo en que el porvenir llegará, es decir cuando la espera se nos vuelve un puro trámite de confianza, surge la oportunidad, tal vez mínima, de valorar la esquina y lo que la hace posible. Podríamos caer en cuenta de que nuestra visión se puede fundir hacia cuatro direcciones que se dirigen hacia un fondo, un breve y superficial horizonte perteneciente a la ciudad y, por lo tanto, vemos un horizonte construido. Quizá supongamos que el mundo se expande en esas cuatro direcciones y que dan vuelta hasta llegar a la misma esquina creando ocho trayectorias, en el ir y venir. Una esquina significa más que una esquina de barrio, si no es que el mundo entero es ya un barrio.

Se sabrá que la visión de amplitud tiene salida hacia cuatro vistas para aminorar con ello la desgracia de no poder mirar en múltiples direcciones. En ese momento tenemos cuatro; si caminamos a la siguiente esquina, obtendremos dos más y así sucesivamente, eligiendo paralelos o meridianos. Este amputar las posibilidades de la mirada es también un acuerdo del que todos participamos, a sabiendas de que se trata sólo de un símbolo de la libertad de mirar. Una nueva abstracción, como la esquina, a partir de la complicidad entre los hombres.

Sin darnos cuenta, ya que tenemos puesto el ojo en una de las ocho trayectorias, tendemos a olvidar la línea vertical de la esquina, la cual es paralela a la forma exterior de nuestro esperar. Esa línea vertical, que es una línea imaginaria a la que le dan vida dos muros, involucra dos indicaciones aún más importantes que las otras ocho. Señala, en principio, al cielo, dificultoso de mirar cuando se interpone una cornisa, pero en especial cuando se impone la cornisa de la costumbre que nos impide voltear hacia el cielo. Sin importarle los obstáculos, la esquina se dirige hacia el cielo, donde se desplazan la luna, los otros planetas, las estrellas fugaces y el infinito. Pero en particular el infinito, debido a que la línea vertical de la esquina tiene sólo un valor abstracto y sólo a través de tales valores podemos entrar en relación con lo más distante, con lo que estamos imposibilitados de ver y de traer a la mesa. Hacia abajo, la esquina se orienta hacia el centro de la tierra; inclusive, es factible inferir que el centro de la tierra remata en la azotea, donde en apariencia se detiene la esquina. Sin embargo, sabemos que no es cierto, pues el vértice de la esquina tiene el valor de una flecha en sentido estricto, y la flecha apunta, indica, denota, señala, supone direcciones infinitas. Bien, a la espera de un futuro cierto o incierto, estamos en un momento complejo del mundo: la esquina.

A pesar de la gama reducida de líneas, impulsos pétreos, obvios y melancólicos, trayectorias imaginarias, soledad de las abstracciones, complicidad en el recorte de la visión y del andar, desentendimiento de la función, apariencia y fatalidad de la esquina y de los hombres mismos, en la espera existe un antecedente que es imposible no traer a este relato de lo utilitario, pues desde su ausencia ha llamado a las palabras que aquí se han expresado con torpeza.

Antes de que las esquinas fueran la coordenada que da coherencia a las ciudades, la gente se daba cita en otros lugares: al pie de una roca significativa, en el recodo de un río, en la rivera calmada de un lago, pero de preferencia al pie de un árbol cuya importancia fuera reconocida en la comarca.

Es precisamente el árbol el que permitía una espera en la que la visión se expandía hacia múltiples direcciones, un arco iris de miradas; uno podía elegir cualquier punta de la rosa de los vientos. Rodeados en la lejanía por un horizonte abierto, donde el mundo podía suponerse mucho más directo, entrábamos en relación con el cielo y el centro de la tierra a través de un acontecimiento sencillo, natural, sin mediaciones, profundo. La espera se ampliaba y su transcurrir era dilatado. En sus ramas y mechones, la copa del árbol semejaba la libertad de mirar; cobijaba con su sombra en días de sol o hacía invisibles a los hombres en noches de peligro. Si bien el árbol se encontraba al borde de un camino, tal camino dibujaba las suficientes sinuosidades como para ser único y parecerse siempre a sí mismo, modificando su fisonomía en cada instante y de manera abrupta en el cambio de estaciones. Un árbol y un camino distintos en cada espera, aunque la ubicación fuera la misma. No requeríamos de un rodeo tan abstracto para entrar en relación con el mundo porque era ya de por sí una relación desnuda, la abstracción encuerada, por decirlo así.

Con el advenimiento de las ciudades, con la petrificación de los caminos y la consecuente, espectacular, implantación de técnicas y/o tecnologías, el árbol iría siendo sustituido poco a poco por la esquina. Así, la esquina es ahora no sólo la abstracción de un número determinado de trayectorias, un punto geométrico en el universo de la imaginación, sino también la abstracción dramática de millones de árboles. Cuando nos encontramos parados en la esquina, no suponemos nunca que estamos simulando, teatralizando, esperar quién sabe qué al pie de un árbol que ya no existe, un árbol del que ya nadie puede dar noticia. Pronto vendrá un taxi, el autobús, nuestro perro, el/la amante que esperamos, el gato que anda de vago por las esquinas aledañas, nuestra víctima o nuestro victimario.

El tulipán púrpura y negro

En mi jardín, entre otras flores y desde el césped alto emergiendo, solitario, se encontraba un tulipán rojo de puntas amarillas y, a su frente, dos largas hojas como lancetas naturales, que alcanzaban a cubrirlo apenas con levedad. Un amanecer, al asomarme por la ventana lo vi afligido; de inmediato, en pijama, salí a removerle la tierra y le puse un poco de agua pura.

Por la tarde, le noté la nostalgia de plano: algo, alguien, tal vez un resquicio, una peripecia, lo había lesionado, malherido, agraviado, escarnecido. No tenía caso ya remover la tierra: sólo le puse algo de mi mejor abono. Ya en la noche, noté que las hojas de lanceta verdes se habían vuelto amarillas y duras y ambas se clavaban firmes en el cuerpo del rojizo tulipán alicaído, como ponzoñas, cuchillas, clavos de cruces, tajaderas, bisturís, escalpelos, estiletes. Las desclavé y las puse distantes de la flor quien, ahora, abría sus hojas en estrella amarillento-púrpura, como si el tono escarlata fuera ya la sangre última.

Me fui a dormir y, al despertar de madrugada, con el albor del amanecer y puestas mis chanclas, vi al tulipán muerto sobre el pasto, los pétalos resecos, como si un sol noctívago los hubiera llameado, consumido, chamuscado, a través de un martirio con inclemencia. De forma normal, antes de fenecer, este tipo de tulipanes dejaban parvulitas letras en forma de poema en sus pétalos que yo podía ver auxiliado de una lupa enorme. En esta ocasión, sus pétalos amanecieron negros como si alguien los hubiera quemado hasta convertirlos en brumos papeles quebradizos y no había una letra, ni siquiera un signo de puntuación.

Se habían reunido, en su entorno, gusanos, hormigas rojas, arañas patonas, avispas viejas, saltamontes y mosquitos revoloteando. Llevaban a cabo un funeral, al menos eso quise pensar. Yo hice mi propio réquiem entre algunos lagrimones. Mi duelo era tanto por el tulipán, mi preferido, como por el poema que se llevó la negrura.

El gato amarillo

Tal vez la escritura literaria sea lo mejor de mí porque una tarde infantil, al borde del muro rojo, cayó desmayada un ave parda en el macetón de las glorias azulencas, porque desde el vientre de mi madre nació en mí el hastío con forma de salamandra, porque en las noches más cerradas de mi cuarto un ángel como ave de rapiña aguardaba el momento de mis bostezos para hundir su garfio en mis alucinaciones, o porque mi padre saltó desde la terraza de su amante y el disparo que resonó en la colonia despertó a los gallos mientras el taconeo de sus zapatos se disipaba en la penumbra del parque donde asesinaron a la mujer de la tlapalería, quizás porque, mirando por la ventana, mis ojos se perdieron en un cielo de nubes con forma de sirenas que no llegarían a puerto alguno y mis lágrimas se volcaron en aquella maceta de tréboles decepcionados hecha con una lata Del Fuerte, quizás porque en una ensoñación vi que en el trasfondo de mi sensibilidad latía una endeble y dolorida membrana en la que lo compasivo y lo pernicioso se confundían, quizás porque intenté rasgar la guitarra y mis dedos se convirtieron en una mano de madera torpe, o porque la trompeta que me regaló mi progenitor se transformó en una botella de tequila plateado para brindar por la armonía de la estridencia, o porque al ver pasar los trenes descubría en el vaho de sus vidrios el desaliento de tantos adioses fantasmas y de claros pañuelos de encajes que la arena de la estación tornó grisáceos gorriones moribundos que cayeron al lado de las vías por las que pasaba el silencio de la noche airosa, tal vez por las infantas piernas blancas que subían las escaleras ante mis pupilas que, como microscopio escolar, descubrieron un planetario de diminutas venas azules, o acaso porque una mañana al ir a la escuela primaria descubrí colgado de un poste a un gato amarillento que había resuelto suicidarse en la madrugada y de él eran los aullidos de criatura que me desvelaron mientras los salmones plateados se curvaban en brincos nerviosos hacia la puerta del ropero, o posiblemente por la mujerona de falda de lentejuelas aceitunadas que se recargaba en el poste del bar que aún no abría sus puertas de cantina del Viejo Oeste y ella fumaba y cantaba con voz ronca y magullada una canción que sólo entenderían los marineros de la antigua Irlanda, tal vez porque desde los dos años pude distinguir la oquedad significante de muchos silencios, que los adultos llamaban simple y de forma genérica "silencio", sin darse cuenta de esa diversidad de cavidades solitarias tras las cosas visibles, etéreas e innombrables.

Héroe de sí mismo

La zona de arte de la Universidad Central estuvo cerrada durante siete meses con el fin de aplicarle reparaciones que los alumnos habían exigido a las autoridades universitarias quienes, luego de una larga consulta entre patronos y profesores de estética, aceptaron en el entendido de que los alumnos rediseñarían y asearían la zona escultórica externa, la cual se encuentra entre una vegetación variada de árboles y plantas, donde esculturas, instalaciones, grabados en metal, cinceladuras y tallas, estelas y torsos, entre diversos arte-objetos, hacen un diálogo de formas con el boscaje heterogéneo, y en este contexto múltiple, con regocijo y planes preparados en los siete meses anteriores, el alumnado empezó a rediseñar el espacio estético, incluyendo la limpieza y el ajuste de las piezas que lo necesitaran, creando una placentera combinatoria de metales y maderas, flores, plantas y materiales de diversas piedras, hasta que el grupo encargado de esculturas de animales y seres humanos se toparon con la figura de un hombre que interpretaron proveniente del arte hiperrealista, ya que la efigie humana, que colgaba del cuello desde una rama de una acacia *menaloxylon*, mostraba a la perfección el paso del tiempo en la ropa y en lo que se podría llamar, debido al hiperrealismo, el cadáver de lo que pudo ser una persona, incluido el rictus de ahogo y desesperación, hasta que el grupo de alumnos, como con otras piezas, se puso a limpiarla, empezando por los zapatos, subieron por las piernas hasta la cintura y de allí a los brazos, en parejas por cada brazo, y mientras la pareja que limpiaba el brazo derecho de pronto se quedó con esa mano de la escultura en sus manos y vieron que en medio de la orilla del saco de la pieza sobresalían perfectos huesos humanos, llevando tal hallazgo al grupo a discernir si se trataba de un cadáver reseco o de una escultura, lo cual no les llevó mucho tiempo, pues les resultó obvio que se traba de un suicida que había aprovechado el tiempo que estuvo cerrada la zona de arte para darse muerte y entonces el grupo decidió pegarle la mano, poner cemento en otras zonas quebradizas del cadáver, pintarlo con tinturas metálicas con el fin de darle consistencia al cadáver y, una vez que estuvo al fin reforzado y con una forma estética estupenda, en una lámina rectangular escribieron el nombre de la pieza artística, llamándola "Héroe de sí mismo".

Lo marchito

La sabía profunda y hasta ella quise descender;
y de su abismo conservé un amargo recuerdo.

OSKAR W. MILOSZ

Cuando recuerdo nuestro pacto para la eternidad sólo miro negruzcas ruinas, espinos mohosos, incendios en las noches. Eso: fiebre de antorchas, nieve que gime. ¿Cómo deponer la melancolía? Mejor que vengan el relámpago, la lluvia, las losas quebradas, los puñales. Mi estertor errante por mi otoño entre llantos secretos. Fluye veneno en el abismo del moho; a un lado, la soga taciturna sobrevive. La noche viene con serpientes estertorias. Cerraré la esclusa de mi alma para quedarme aquí entre flores marchitas. El humo rojo, las heridas, los andrajos de mis jornadas. Veo ya al buitre en el zarzal.

He escuchado mil veces la letanía de los trovadores de No doubt en el crepúsculo de mi alma donde te encuentras yaciente, en un silencio insólito, junto a la amargura de mi sombra. Una justiciera oscura somete mi corazón brumo, le deja heridas de pena como animal andrajoso bajo la bota del dueño prepotente.

Mi casa es una tienda nevosa combinada con exiguas flamas de corazón amargo. Mi recámara es follaje difuso y mis sueños se encuentran plagados de cuchillas como zanates desvariados. Incluso, detrás de la música de los trovadores hay silencio y otro silencio. En la estancia bajan sombras que arrastran odio, ceniza, espanto. En mi estudio se gesta un festín de funerarias con peste, baba, humareda, amargura, pesadumbre, abyecciones. Las cortinas de la casa no son más que llanto que escurre de forma constante dibujos de dolor y soledad, sostenidos por el abandono.

Me he quedado mudo, vecino de mis zapatos chuecos; mi humildad harapienta es devorada por la herrumbre sin retorno. Mis pensamientos se han vuelto pálidos mensajes amargos, dormitan junto al perro del tedio en parsimoniosas exequias de esta alcoba, las almohadas vueltas jirones, letras plomizas en la cabecera. En el colchón de plumas de gallinas pardas, las cobijas sobre mí son de tonos dolientes. Allí estás, soga taciturna, me llamas, no tardaré; tú sabes, querida, que la muerte tiene su relámpago y no lo rezagaré.

en lo luengo de mis brazos

de pronto sentí el dicho aquel de que se me quitó el piso
siguiendo en el suelo casi insostenible irreal o mostraba mi realidad interior de cómo funciona parte de mi cabeza o no funciona al desaparecer de mi acceso una medicina para el equili-
brio de la testa y por tanto de mi cuerpo el ordenamiento del
sueño y la vigilia y lo laborable o el entretenimiento y la presencia de dios de algún dios o de ninguno y sabía que negán-
dolo lo afirmaba y cómo mi piel se convertía en nidos de escor-
piones incandescentes distinguiendo que me iba a morir y no
me moría y cómo algunos venimos a este mundo o crecemos
con tales madrigueras malignas de las que algún día o una noche
saldrán las delgadas patas lacerantes que sacrifican y se detienen
en el perfil del precipicio cuando ya suponía desmayándome en
la profundidad de la ausencia asimismo de la falta de aire fastuoso o higiénico aunque estuvieran entrando ráfagas por la
ventana de la alcoba y del baño pero queriendo que no fuera
demasiado porque el pecho ya me empezaba a roncar pero todavía percibiendo la falta de aire y la posible calamidad de mi
sistema respiratorio colapso de pulmones ahogo entre las almohadas viendo mis libros los frascos de ya no sabía qué las caje-
tillas de cigarros las medicinas inútiles el reguero de ropa objetos impensables y después la casi imposibilidad de introducirme
en la oscuridad en medio de la alta madrugada de la habitación
pero la luz de los focos lastimándome una irradiación de un
dios de cualquier dios el de casiopea aquel que eran muchos
dioses de una organización deica en una ciudad de luz brotan-
do del suelo y el aire que había soñado años atrás o zeus benig-
no y maligno y multiambiguo o un dios no pensado y poco
importaba lo que yo hubiera leído escrito dibujado amado na-

cido vivido muerto y esa ebullición más caliente en lo luengo
de mis brazos piernas y pensar que estaba en un segundo piso
y que la caída no sería suficiente para apaciguar las desgracias
de mi existencia o subir a la azotea del edificio y probar desde
cinco pisos una explosión severa de mis vísceras y mi cráneo y
no dejar un mínimo de aire para un suspiro ni de neuronas con
el fin de no permitir el último pensamiento y así fueron pasando cuatro días entre el suplicio y dormitaciones absurdas incó-
modas detestables embrutecedoras de mi ya embrutecido cerebro de la calcinación de mi cuerpo hasta que ya noche de ese
cuarto día llegó de pronto la belladona esa antigua esencia que
hacía alucinar a los poetas malditos o catrines de negro y que a
mí también poeta apenas me iba a traer a esa realidad ingenua
en la que estoy o sea de la que me perdí desaparecí dentro de
una temporada en el infierno

La copetuda

En principio, Alejandro lleva una langosta sobre la cabeza a manera de talibán. Luego, delante de él, están tres mujeres que podrían ser las tres gracias mexicanas, pero lo dudo porque me acabo de dar cuenta de que, debajo de la mesa de mantel rojo y negro, se ha asomado una rubia para equilibrar con la rubia del lado opuesto, semiaplastada por una mujer más grande de piel verde y que lleva en el sobaco la foto de una mujer negra de vestido azul con puntitos blancos.

La mujer que se acaba de acomodar en el centro lleva una estrella azul en las manos; tiene el pecho desnudo pero unas tetas chiquitas. Además, padece del mal del pinto en la zona izquierda de la cara; su peinado es de salón de estética, antiguo, de aquellos que se levantaban casi medio metro sobre la cabeza. Desde luego, la estrella en sus manos me indica que ella es la adivina y prefiero no verla directo a sus ojos cafés. A la izquierda de la estrellocartomanciana surge Alejandro, un hombre de cabello rubio, con un ojo de ciego, intenso, oscuro y grande, y la mano izquierda se le ve como radiografiada: fondo negro en forma de guante y huesos blancos; por todo ello debemos suponer que ha visitado a la adivina en varias ocasiones a pesar de las desgracias que ha sufrido con ella. Respecto de las demás mujeres, exceptuando a la adivina, su presencia da el efecto de las actuales estéticas de barrios populares, donde llegan otras mujeres, pero van sólo a platicar de sus intensos dramas cotidianos o de telenovelas y, de paso, se pintan las uñas gratis; la dueña del negocio no las increpa al respecto en tanto que ella también comparte sus dramas personales o televisivos.

Al lado derecho de la mujer del copete alto, sobre la pared, hay dos fotos de un mismo hombre y, a su izquierda, tres iguales del mismo chango; yo no acabo de entender por qué montó cinco fotos igualitas. Al menos, pudo incluir alguna donde el hombre va a caballo o algo así, ¿no?

Se me olvidaba decir que la mujer verde lleva el cabello relamido, pegado a la cabeza, también de estética. Alejandro muestra un cartón alargado de fondo negro que lleva la palabra SUERTE en mayúsculas azules. Pero desde mi punto de vista creo que es poner demasiada ilusión en la estrellocartomanciana; yo, al menos, no dejaría que me echara las estrellas aunque sean tan poquitas. La verdad tampoco me darían ganas de que mi foto pasara a la colección de la copetuda ni que mi mano se viera radiografiada. Ni andar cargando un anuncio con la palabra suerte. ¿Verdad?

Los adolescentes globo

Los pulmones de los estudiantes de la escuela secundaria Benito Juárez, con autorización SEP75XR214, de pronto se inflaron con gas butano, debido a una fuga en la cocina de la conserje. En este instante, los bomberos sólo han podido rescatar a dos de los muchachos, los más gordos de tercero de secundaria; todavía hay la esperanza de salvar a unos siete, también obesos, pero no tantos como los que ya se encuentran, felices, con sus familias. Como usan suéter guinda se ven muy atractivos allá en el cielo, pues se van balanceando de aquí para allá. Y luego se ven bonitas las mochilas que van cayendo aquí y allá.

La Dirección Central de la Bombería ha informado que ya pidieron auxilio al país vecino (no Guatemala, sino EUA) debido, según indicaba la circular oficial "porque allá tienen escaleras más grandotas, pues la mayoría de sus edificios sobrepasan, con mucho, a los que aquí tenemos, a pesar de la Torre Inteligente…".

De los muchachos más delgados ya no hay esperanzas, explicó un meteorólogo, pues los vientos alisios que sobrevuelan aquellas nubes gordas y negras (señaló hacia el cielo, presumiendo un reloj suizo), los llevarán hacia el Golfo de México y ahí, obviamente, reventarán; inevitablemente, prosiguió, caerán en aguas marítimas y los tiburones no se harán esperar, explicó.

Los de complexión media, agregó un médico privado, quien no quiso dar su nombre, a cierta altura se estabilizarán y ahí no podrán llegar ni escaleras ni helicópteros, y fallecerán como si estuvieran haciendo huelga de hambre estudiantil. La ventaja de estos es que en las noches disfrutarán la luna como ningún mexicano común y corriente lo ha hecho hasta ahora.

La Secretaría de Gobernación no ha podido emitir ningún boletín debido a que hace dos días se vino a pique el avión en que su titular, su subtitular, su antesubtitular y su preantesubtitular fallecieron en la mayor desgracia gubernamental que vive México en este siglo XXI.

Varias madres de familia se están organizado y van directas a arrebatarle a los granaderos a la conserje de la escuela Benito Juárez; les dan de toletazos, pero al fin logran hacerse de la mujer. Son tantas las madres y tanta la rabia y tanta la tristeza, que la figura de la conserje desaparece en medio del mujerío. De pronto, se ve que empiezan a volar por los aires trozos de la mujer que dejara escapar el gas butano; y las mujeres vuelven a agarrar esos trozos y hacen más trozos hasta que, al final, quedó hecha trocitos, tan pequeños que ya no se pueden dividir más. Informó para ustedes Victoriano Huerta Cortés.

El presidente

El asunto empezó con la desgana al despertarme. Recordé la pesadilla donde súcubos grisáceos me atacaban a granel. Era como si me hubieran acosado delirios en la oscuridad más profunda de mis sueños. Bajo las cobijas se me encaja el miedo en forma de escalofríos. No es posible que el presidente de una nación se encuentre en este estado.

La sirvienta me trae el desayuno y descubro en sus ojos una especie de vacío revuelto con disimulo. Con vergüenza sorpresiva ante esta mujer, me sube un miedo potente, rápido, y se convierte en horror. Ni la luz de la mañana ni el moblaje de lujo ni la amplia recámara me dicen nada: están como muertos y nunca lo había notado. Pongo la charola del desayuno en la mesita a un lado de la cama y enciendo un cigarro aunque ya lo tenga prohibido; aspiro con potencia varias veces y, entre el humo, veo irse a la sirvienta con su uniforme azul y las cintas del delantal blanco atadas por detrás. Nunca había sentido esta soledad, me gustaría que mi compadre estuviera aquí, decirle esto que me sucede. Pero ya pasará… es nada más un momento de pánico… el cigarro me está sirviendo… aunque le falta un tercio, lo apago y enciendo otro; me gustan estos americanos.

También en medio del remolino del humo veo entrar a mi esposa; se me había olvidado. No sé a qué horas se levantó. Trae su bata verde, la de bordados chinos; su mirada es taciturna, aunque esboza una semisonrisa. Se recuesta de su lado con desgana; mete las piernas bajo las cobijas y percibo que tiene los pies fríos, lo cual me parece terrible, ya que esperaba esa tibieza que me ha otorgado durante estos veinte años. No me besa como es su costumbre mañanera y mira hacia su tosco espejo de madera, uno enorme con filigranas que trajo de Brasil, más alto que ella y que puede mover la hoja central según le acomode. Ahí, dentro del espejo, le veo la cara y descubro que le escurren lágrimas.

Me mira de reojo y le pregunto con la mirada. Voy a dejarte, Luis, me dice. Aunque me digo que ya lo vislumbraba, que más bien lo sabía sin saberlo, entiendo que me raptará una tenebrosa locura; si así, sin saberlo, o intuyéndolo, estoy como estoy… La tomo de la cintura y la pongo junto a mí. Me levanto, llevo el cigarro en los labios (el humo se me mete en el ojo derecho, me lo restriego), me dirijo hacia mi cajonera, abro el segundo cajón. Me voy con tu hermano, escucho su voz temblorosa, lloriqueante, a mis espaldas. Por mi mente viene una imagen de diversidad de aves que parecen meterse en mi cabeza. Agarro mi pistola escuadra, la aprieto fuerte como si fuera la garganta de un gallináceo, giro sobre mí, voy hacia la cama.

Le pongo el arma sobre la frente, empujándola hacia el centro de la cabecera. Le escurren lagrimones y empieza a decir que por Dios la deje, que están en juego dos vidas; pienso que, además, mi hermano es un chamaco: tiene doce años menos que yo y diez menos que ella. Estoy embarazada de él, dice, levantando los brazos hacia mí para abrazarme. Disparo dos veces y su cabeza rebota contra la cabecera; con el segundo disparo, que lo he hecho a un par de centímetros de su cabeza, las almohadas se pintan de una explosión rojiza.

Entra la sirvienta todavía con su mirada vacía, se acerca a la amante de mi hermano; intenta levantar el cuerpo quebrantado sobre el colchón y lo abraza, manchándose de sangre. La jalo de la espalda, suelta el cadáver, la pongo de pie, la sujeto por la cintura y le encajo la pistola en la mano derecha; intenta desligarse de mí y sacudir la mano, pero la fuerzo con potencia e insultos para que se lleve el arma a la sien y la obligo a que se dispare. Me salpica de sangre y sesos la cara y mi pijama. La dejo torcida junto a la cama, del lado de la amante de mi hermano.

Me meto al baño y me doy una ducha meticulosa de pies a cabeza. Orino sobre mis manos en el inodoro, tallándomelas muy bien, por si las dudas, aunque nadie me va a hacer la prueba de pólvora. Vestido de bata voy hasta el incinerador de basura que está en el garaje y quemo allí mi pijama, mi ropa interior y mis pantuflas. No me importa que la demás servidumbre me haya visto pasar. Allí mismo, volví a lavarme las manos con tíner. Sigo pensando que estas precauciones son inútiles para un presidente, pero el miedo y el horror vuelven a subirme al pecho. De nuevo en el baño, me lavo las manos con el gel jabonoso para que su olor sea perfumado.

Ya me espera mi chofer con cara imperturbable y vamos de forma directa hasta las oficinas del procurador de Justicia quien, desde luego, tiene el puesto debido a mis instrucciones. Le explico el asunto en el sentido de que la sirvienta mató a mi esposa y que, al forcejear yo con ella, se soltó un disparo que le entró por la cabeza en la sien derecha, pero que sería mejor que se manejara como suicidio luego del asesinato. Encárgate del asunto y ponte de acuerdo con mi secretario particular para arreglar todo… y que sea un funeral fastuoso para María Esther. Hoy no voy a la presidencia, no me siento bien, cualquier cosa me llaman o yo te llamo más tarde.

Después del funeral, que conmovió al país entero, el hermano del presidente viajó a Hawai y allí vivirá hasta que su hermano termine el sexenio. Luego ya veremos si se queda vivo o muerto. Mientras tanto, tendré un buen equipo de psiquiatras a mi alrededor…

El hombre, el abanico, la mujer, el yin y el yang

El hombre escribía sobre la tabla de su secreter chino, laminado en negro, con figuras de geishas coloridas, ríos caudalosos, plantas extrañas y dragones en vuelo o bajo la tierra.

En el ambiente había un gran calor insoportable; el hombre dejó de escribir, se levantó y, chancleteando sus sandalias, trajo un estupendo, casi mágico, abanico chino, el cual tenía pintada una gran cascada entre piedras milenarias y un muy extenso puente de madera, que se movía con los vientos de las alturas y parecía quebrarse de un momento a otro. A lo lejos había nubes sepias, azules oscuras, cafés con leche y muy pocas blancas. El puente empezaba a la orilla de enormes acantilados y llegaba a un sitio donde había hombres-cabra, mujeres-lagarto y niños-urraca.

El hombre se abanicó con la mano izquierda y escribía con la derecha. Luego de un buen rato, terminó; al final del escrito, le puso un sello rojo con las letras chinas de su tradicional y milenaria familia y luego lo firmó con un manguillo con tinta morada.

Se levantó y fue abanicándose con mayor rapidez; resonaba el chancleteo de sus sandalias en casi toda la casa. Se dirigió al baño, dejó a un lado el abanico, puso ambas manos bajo el chorro de agua fría y se echó el líquido en la cara y el cuello de forma repetida. Al fin, sintiéndose un tanto refrescado, agarró una toalla en cuyos extremos había figuras de animales como tigres alados, aves de alas enormes y conejos de ocho patas; se secó con fruición cara y cuello. Al mirarse en el espejo, se dio cuenta de que ahora tenía la mitad del rostro de hombre y la otra mitad de mujer; tomó un espejito de mano que tenía a un lado, se miró en él y la imagen le devolvió los mismos rasgos de mujer y hombre. La angustia le subió al pecho y luego a la frente y luego le tomó el cuerpo todo. Se sintió un tanto enloquecido y víctima de un sortilegio provocado, quizás, por su tradicional familia enemiga. Pensó que el hechizo pasaría pronto.

De cualquier manera, fue por su puñal preferido, se lo colocó entre la camisa de seda y el pantalón de raso, en medio de la faja de tela amarilla brillante, pero se dio cuenta, de manera sorpresiva, de que sólo llevaba medio pantalón y la otra mitad era un vestido magenta que le llegaba apenas bajo la rodilla y la pierna desnuda, de piel tersa, terminaba en un occidental zapato rojo de tacón.

Perturbado y con embarazo, salió de casa, avergonzándose de las miradas que levantaba ante la gente que se cruzaba a su paso. Se dirigió a la tienda donde le habían vendido el abanico, decidido a matar al dueño, seguro cómplice de la maldita familia que, ahora, lo tenía en jaque. Recordó que él deseaba otro abanico, aunque más caro, de mayor tradición y con dibujos de ensoñaciones positivas, pero el dueño, como hábil vendedor y con argumentos, a veces, incontestables, casi lo obligó a elegir el que había usado esa tarde calurosa.

Cuando llegó a la tienda, se dio cuenta de que allí vendían refacciones para carretillas y bicicletas. Se acercó pero vio que el dueño era un viejo amigo suyo y de inmediato se alejó del comercio a dos cuadras de distancia. Allí sacó el cuchillo y apuñaló a su parte de mujer que había invadido su cuerpo y su larga vida; pero luego de varias tajaduras y de brotar la sangre sobre su pantalón de raso, dio varios traspiés, se derrumbó sobre la banqueta y allí murieron ambos.

Hoy en día, después de veinte años del suceso, y ya embalsamado, lo siguen exhibiendo en el Museo de Historia Antinatural del poblado. Sin lugar a dudas, es una de las atracciones más visitadas de la región, lo cual ha hecho que el distrito haya crecido en comercio y en cantidad de habitantes, volviéndose uno de los más importantes de la demarcación, lo cual causa envidia en otros sitios de la China del norte.

En su casa vive, desde entonces, una mujohombre perteneciente a la familia enemiga; es la parte inversa de la que se exhibe en el museo de lo antinatural. Ella o ello es la que la o lo que manda y lleva los negocios del hombre del abanico maldito; cuando ella-ello elabora un documento utiliza aquel sello redondo de letras rojas. Firma igual que el o la que se hizo el haraquiri en plena calle y toda la cosa. Es una o un mujohombre decidida-do, severa-ro, determinante y nunca sonríe. A veces, la gente que conocía a aquel hombre de sonrisa amplia y generoso en los negocios, lo extrañan, pero se ven obligados a tratar con esta-esto tirana-no, a la cual el calor de la temporada la-lo tiene demasiado acalorada-do. Se pone en pie y va hacia su colección de abanicos; elige cualquiera, el que le viene en gana, pues se ha vuelto coleccionista de abanicos y debe tener más de mil.

Se empieza a abanicar, le viene una sensación de ahogo; no se ha dado cuenta de que eligió aquel antiguo abanico que utilizara el antiguo enemigo de su familia. La-el mujohombre comienza a disolverse hasta que termina por desaparecer o transparentarse. Nadie volvió a saber nada de él-ella. Sólo encontraron, en el piso, un viejo abanico que las autoridades del pueblo volvieron a poner en su lugar. Luego de una auditoría que el fiscal de la localidad realizara, se dieron cuenta de los fraudes de la mujohombre, confiscaron la propiedad y la convirtieron en museo bajo el apelativo del antiguo propietario que fuera enajenado por la familia enemiga y que acaban de retirar del Museo de Historia Antinatural y, con un colorido homenaje especial, acaban de inhumar.

No hay edad para rejuvenecer

El adolescente Rodolfo subió hasta la azotea, cargando una palangana amarilla con ropa húmeda, por órdenes de la abuela, para tenderla en los mecates que le tocaban a la familia. Al empujar la oxidada puerta metálica con el hombro, le vino la luz naranja del atardecer; puso los pies sobre la azotea encementada, entrecerrando los ojos, y caminó a la izquierda hasta donde se encontraban los tendederos familiares.

Al bajar la palangana amarilla y enderezarse con dos piezas de ropas húmedas en las manos, descubrió a su abuelo de espaldas, desnudo de pies a cabeza, destendiendo algo semejante a una especie de traje de buzo traslúcido y muy delgado; le pareció de piel humana debido a cierta transparencia rosácea que le daba la iluminación vespertina. Rodolfo observó cómo su abuelo se la vestía de pies a cabeza; luego, el hombre se puso ropa interior limpia y la de vestir, la de siempre, más sus zapatos bostonianos contrahechos. Rodolfo escuchó una expresión de satisfacción de su abuelo, quien giró con una sonrisa juvenil con el seguro propósito de bajar al departamento. Al ver a su nieto, dijo:

—Hola, mijito.

Rodolfo, aunque le iba a decir una grosería como ya era costumbre en la familia, sin proponérselo, no pudo responderle, ya que las palabras se le atoraron en la parte baja del esófago en forma de flemas como las de su abuelo quien, en no pocas ocasiones, casi había muerto de ahogo…

—Qué pasa, muchacho —insistió el abuelo, sin prestarle auxilio.

Rodolfo no sabía si esa reacción que estaba padeciendo era el inicio de algo hereditario o se debía a la sorpresa grande de descubrir en su abuelo a su propia persona, otro Rodolfo, exacto, lozano y joven como él, de la misma edad, con pulcra exactitud, como si el abuelo se hubiera convertido en la foto en vivo del muchacho, ante un espejo, y se estuviera viendo en él. Decidió generar un trago de saliva fuerte para que pasaran hacia el estómago esas flemas o las malditas palabras; en medio del esfuerzo de mayor potencia, el cual le ponía sanguíneo el rostro y le tensaba el cuello, lo que estuviera allí dentro no se movía ni un milímetro y se dio cuenta, sobrecogido, que se iba ahogando de verdad, hasta que soltó las piezas de ropa y alargó los brazos hacia su abuelo, quien no dio un paso ni movimiento alguno, mirando a su nieto ahogarse y, como en un proceso de metamorfosis, o quizás a causa de adquirir la esencia enfermiza del viejo, el muchacho se iba transformando en el abuelo y su cuerpo envejecía con rapidez inusitada. De pronto, Rodolfo se derrumbó contra el piso de la azotea hacia su hombro izquierdo, girando con lentitud pecho arriba. Su piel arrugada cobró una tintura entre violeta y morada, la boca abierta, de dientes amarillos y chuecos, como si fuera un grito atravesando un puente oscuro de pánico; el brazo rugoso que tendía hacia el abuelo se desplomó. Entonces, el viejo o, más exacto, el nuevo Rodolfo, el joven, comprendió que su nieto, o él mismo, había fenecido.

Rodolfo, o el abuelo, recogió las prendas de ropa húmeda que dejó caer el joven, fallecido con una contorsión de boca abierta; las echó en la palangana amarilla, se acercó al tendedero, tendió la ropa, permutó con rapidez su vestidura por la del nieto. Bajó rápido al departamento con la palangana libre, entró y fue hacia la cocina. Se acercó a su esposa y, con la voz aguda de su nieto, dijo:

—Abuela, fíjate que el abuelo se acaba de ahogar en la azotea y por más que le di golpes en la espalda como tú le haces, no reaccionó, le di aire de boca a boca un buen rato y cuando me separé de él, estaba quieto, muy quieto, sin que el pecho se moviera, y supe que se lo había llevado la muerte.

La vieja mujer, entretenida entre vapores y cacerolas en su estufa, dijo:

—Voy a terminar de hacer este caldo y luego subo a verlo. La verdad, mijito, tu abuelo ya era una molestia que nos tenía locos; pregúntale a tu madre ahora que venga comer. Qué bueno que ya estiró la pata. Creo que lo incineraremos, es más barato. Y nos ahorramos el dinero que me dio para comprar un terrenito en el panteón La Nueva Luz, donde neceaba que lo enterráramos. Nos podemos comprar ropa nueva y una buena televisión, de esas de pantalla grande. Imagínate: ver mis teleco- medias y tú las caricaturas. A tu madre le encantan las películas.

Rodolfo se acercó al cajón de los cubiertos y sacó el cuchillo más grande, con el que su mujer destazaba la carne y hasta cortaba huesos para que disfrutaran el tuétano. Se acercó a la vieja mujer y dijo:

—Abuela, podrías atarme la agujeta.

Sin voltear, la anciana respondió:

—Ya estás grandecito; no seas flojo...

El adolescente emitió como un quejumbre, típico en él y agregó:

—No seas mala, abue...

Rumorando quién sabe qué, la mujer giró despacio so- bre sí misma como una barcaza en un río de aguas lentas.

Cuando la tuvo casi de frente le metió dos rápidas y profundas cuchilladas, saltándole a la mujer los respectivos sur- tidores de sangre; de forma espontánea se llevó las manos hacia los chorros rojos, intentando detener el líquido que a veces brotaba entre amarillo y blancuzco. Rodolfo le asestó entonces varias cuchilladas en forma de tajos breves, generando ahora rajaduras. La mujerona no supo ya qué chorro tapar y por pri- mera vez miró a su nieto, intentando decirle algo, sin entender cómo su ángel... pero un brote de sangre le salió por la bocaza. El joven atacó entonces hacia la zona alta del cuerpo de la mu- jerona como intentando enterrarle el cuchillo en el corazón. Si pudo lograrlo o no, sería imposible saberlo debido al baño de sangre y a las partes del interior del vientre que ya le colgaban a la mujer; ella trastabilló, metiendo una mano en el caldo hirviente, pero ya no le importó porque de pronto se derrumbó hacia adelante, provocando un sonido similar al que haría el viejo refrigerador si de pronto cayera. Rodolfo se acercó a la mujer, le metió el cuchillo debajo del mentón y se lo pasó contra la garganta casi con el afán de desprenderle la cabeza. Era obvio que la mujer ya estaba muerta unos segundos antes. Y el joven se detuvo al fin, pero su cara conservaba aún la rabia, el odio, el resentimiento, el delirio de venganza, que se le fue creando en décadas. Nunca había habido en la cocina tanta sangre aunque allí murieron no pocos guajolotes y otras veces marranos pequeños.

Rodolfo limpió el cuchillo en las telas de la espalda de la abuela y lo tomó por el lado del metal y agarró una servilleta de la mesa del comedor que estaba preparada para que comieran los cuatro; como era costumbre, la abuela se habría sentado en la cabecera. Se dirigió rápido hacia la azotea: su hija no tardaría en llegar. Colocó varias veces el cuchillo en la mano derecha de su nieto para impregnarle las huellas dactilares. Bajó de nuevo con el cuchillo agarrado con la servilleta por el lado del metal, fue a su antigua recámara, tomó uno de sus puros con la mano derecha, salió hacia su gramófono y eligió un viejo disco de Caruso, cuya voz hermosa resonó en el departamento; Rodolfo se dirigió luego al comedor, se sentó, mordisqueó la punta del puro, lo encendió con la misma mano, hizo una aspiración potente que originó un brillo intenso de la brasa. Redondeando los labios lanzó tres rosquillas perfectas de humo hacia la cocina y se puso a esperar a su hija. La abuela odiaba los puros y, en especial, las rosquillas. Mientras tanto, con la mano izquierda, su marido sostenía con la servilleta el cuchillo por el mango de madera.

El cascabeleo

Fue cayendo la oscuridad sobre la cama; la lentitud del transcurrir no le daba abrigo a Yolanda. Mientras miraba la silueta plomiza de su florero con flores de plástico, recordó que su cofia, la azul marino, rodó por la cuneta, perdiéndose entre la hierba extremosa, en el lugar exacto donde un camión de pasajeros se había volcado pocos meses atrás y le tocó ver cuerpos que habían salido volando por las ventanillas, algunos suspendidos de los árboles.

Mientras palpaba la colcha y la oscuridad era arcilla densa sobre su cuerpo, los sucesos de hacía quizás una hora, a una cuadra de su casa (las palabras brutales del hombrón, el manoseo y la risa de los amigos, el grupo que acostumbra beber cerveza en ese sitio), le parecieron un fugaz video de los que te encuentras, de pronto, en Internet.

El retumbar del Rinoceronte, como le apodaban al mayor de los hijos de don Sebastián, le encendió la angustia como una corriente que le cascabeleaba hasta lo más profundo de su ser. De pronto, el cansancio se desperdigó por su cuerpo, tiró los zapatos a un lado de la cama y se desvistió sin levantarse, quedándose en fondo. Y empezó a cerrar los ojos.

Un sonido de leves pisadas sobre piedritas, afuera de su casa, fue el enlace para intensificar ese hondo cascabeleo. Girando un poco, abrió el cajón del buró y tomó a tientas la lámpara sorda, la encendió y el haz de luz pegó en el espejo, reproduciendo la arquitectura modesta que la rodeaba, los cuartos que su padre le heredara. Siempre le había gustado ese lugar porque desde allí podía ver las tonalidades amarillas y rojizas de su pueblo, las frondas de los abedules y los montes más al fondo; al ver el humo que salía de algunas casas para fundirse con la nubes, recordaba las figuras que su padre le descubría en el cielo. Y también le gustaban los atardeceres mandarina de los sábados.

Movió la lámpara hacia la cajonera, donde guardaba todo y era el mueble más pesado. Pensó que si lograba impulsarlo hasta la puerta de entrada tal vez el cascabeleo intenso de angustia se apagara de pronto y pudiera dormir de un tirón, pues ya había llegado tarde dos días a su trabajo en esta quincena; si se le juntaban tres, le descontarían el pago de un día.

Lo siguió empujando poco a poco, llegó hasta la línea vertical de las bisagras de la puerta; lo empezó a girar para que estuviera tapando toda la entrada, incluida la sección de la cerradura y el seguro. Estaba a unos diez centímetros de apoyarlo en definitiva cuando el lomo del Rinoceronte pegó en el centro de la puerta. Ella siguió empujando, sudorosa, desesperada, con los pies descalzos resbalándosele sentía como si se le hubiera atorado un tejocote en la garganta; entonces, vino el segundo impulso de lomo del Rinoceronte que cuarteó la puerta por el centro y luego el tercero que partió en dos la puerta.

El hombrón se subió sobre la cómoda; Yolanda lo golpeó con la lámpara varias veces en las espinillas. Pero no pudo evitar que el Rinoceronte diera un brinco junto a ella, tomándola por detrás y tirándola al suelo, arrimándole sin compasión el cuerno entre las nalgas. "Así va a ser cada noche, cabrona; este culito va a ser para mí". Yolanda guardó silencio porque sabía que nadie vendría a auxiliarla, alargó el brazo hasta el segundo cajón de abajo de la cómoda y rebuscó entre las cosas; le pidió al Rinoceronte que le diera por delante. "Así me gusta", dijo él, "que te me pongas mansita; ándale voltéate". Cuando él se hincó para meterle su cornamenta por delante, Yolanda tomó impulso con el brazo izquierdo, empuñando un martillo que había sacado del cajón de abajo donde su padre guardaba la herramienta y le dio el primer martillazo en medio de los ojos, hundiéndole el cráneo. Los otros veintisiete martillazos, según informó la prensa y el Ministerio Público, se los dio por dárselos, "para que no pudiera ni resucitar", declaró Yolanda a los reporteros.

Las eventualidades del lago

La desgracia ha caído en el lago y los canales de Xochimilco: como ya es costumbre, flotan aquí y allá cadáveres de jóvenes, pero la novedad no radica en esto, sino en que una especie de plaga de pirañas los devoran sin comerse pies ni manos.

Sin embargo, las familias dolientes identifican, de común acuerdo con las autoridades, manos y pies difuntos. Las funerarias se han visto en la necesidad de hacer pequeños féretros con un vidrio en la parte donde iría, por lo común, la cabeza, y de acuerdo con los familiares sitúan ahí un pie con un calcetín lujoso y los ofrecen de múltiples colores, incluso con ribetes de oro o plata, según elección de los parientes abatidos. O estos colocan, en cambio, bajo el vidrio, una mano vuelta hacia abajo para que se puedan admirar los anillos hermosos que también ofrecen las funerarias. Con ello, las familias ahorran en terreno de cementerio lo que gastan en hermosear pies y manos fallecidos.

Mientras los están velando, no falta la novia destrozada que se rebana una mano o un pie y exigen, con ardor molido, que la familia de los difuntos pies y manos permitan a la muchacha introducir su miembro tasajeado para ser enterrado con su amor. Esta iniciativa ha traído severos problemas, pues de súbito aparece otra novia con mano o pie en la mano con el argumento de que ella es el verdadero amor del muchacho; entonces, se gestan pleitos serios en los que, incluso, se avientan una a la otra el pie o la mano que se han decapitado, produciendo una nueva verdadera desgracia como la del pie con un lindo zapato con tacón de aguja que voló hacia la contrincante quien se agachó, llegando el objeto volador a la cara de un decrépito abuelo del difunto, encajándosele el tacón en un ojo y, entonces, el viejo

sangra en abundancia en el velatorio, se forma un lago sangui-
nolento, donde se han llegado a ahogar varios niños que andan
a gatas.

Pero esto no pasa a mayores, ya que las funerarias han
instalado succionadores de sangre y, además, de inmediato
atienden con la mejor cortesía a los afectados y, con rapidez,
añaden el féretro del anciano y de los niños, lo cual provoca que
la cafetería del lugar esté llena de forma permanente y con ventas récord. Rentan camastros y venden ropita de niño o mujer-
cita para aquellos que no se ahogaron o que estaban en manos
de sus madres. Por ello, el negocio de las pompas fúnebres se
ha ido para arriba en el DF, agregándole los fallecidos por ame-
trallamiento de y entre narcos o pleitos entre una familia y otra,
o dentro de una nada más.

Las escuelas para pompasfunebristas de pies, manos,
ancianos y niños pequeños, se han diversificado por la ciudad,
sucediendo lo mismo con tiendas ortopédicas que venden manos y pies articulados y con conexiones nerviosas para las mujeres jóvenes que, con gran amor, se amputaron.

Los familiares de los jóvenes pies o manos han decidido,
para aminorar conflictos y manchones de sangre en paredes e
invitados distinguidos, aceptar introducir en el breve féretro
cuantos pies y manos las muchachas ofrezcan aunque algunas
veces no puedan evitar el pleito, el tacón en el ojo del abuelo,
la inundación de sangre y el ahogo de los niños pequeños.

Mientras tanto, el número de cadáveres de jóvenes y de
pirañas en las aguas y canales de Xochimilco van a la alta.

La segunda puerta

Me encontraba en un cuarto semioscuro, allí estaba también mi ex esposa terrible; ella discutía consigo misma con trabalenguas y figuritas de serpientes, símbolos de aritmética, cebollas, etcétera. La habitación era pequeña y de muros gruesos, grises, un tanto descarapelados como los de las casas del viejo pintor Brueghel. Era un tanto expandida y carecía de ventanas. Yo estaba de espaldas a la puerta semiabierta y sentía que alguien nos miraba detrás de mí, afuera. La que me lanzaba figuritas en lugar del idioma castellano se hallaba frente a mí, sentada sobre una tabla, adherida al muro, de pared a pared; tenía la pierna cruzada, los brazos entrelazados y traía uno de sus vestidos chillantes: anaranjado con verde limón. Yo no acababa de entender qué hacíamos ahí, pues nos separaban más de treinta años de divorcio legal; sabía, eso sí, que ella me seguía odiando y que si tuviera un arma a la mano la usaría. Logró que nuestros dos hijos, varón y mujer, se distanciaran de mí y quizás me maldijeran.

De súbito, se abrió una puerta que estaba en el piso delante de mí y de ahí salió mi madre, quien había muerto veinte años atrás; antes de que cerrara la puerta, azotándola en el suelo, alcancé a mirar que en el subsuelo había escalones que subían al cuarto. La cerró y se fue a sentar junto a mi ex mujer y se saludaron cordiales, aunque en vida de mi progenitora nunca se llevaron bien; cada una era un naipe maldito para la otra. Mi madre guardó silencio, tomó una posición rígida, como de figura azteca, y me miraba con ojos fijos. En rigor, no traía ojos, sino dos oscuridades profundas en forma de cocol.

La habitación se fue poniendo cada vez más oscura; viendo hacia ellas, miraba borrones de seres femeninos, pero mi intuición podía distinguir con claridad los gestos de las dos brujas. Mi ex siguió hablándome en trabalenguas y era un discurso, según pude adivinar, en el que me culpaba de sus desgracias desde niña y de las de mis hijos. Pero era muy absurdo porque sus fundamentos se convertían en algo irracional y falso al escucharlo tantísimas veces. Entonces, recordé la ocasión nocturna en que fue atrapada por una histeria vegetal; caminábamos a través de un parque brumoso hasta que llegamos a mi carro. La ayudé a subir, pues en su desorden mental había perdido la coordinación de piernas, habla, brazos y manos. Ya sentada, le puse el cinturón de seguridad, lo cual fue certero pues cuadras adelante abrió la portezuela e intentó tirarse a la avenida, pero el cinto de seguridad se lo impidió. Me estacioné y saqué una cuerda de la cajuela del auto y con ella la até al respaldo con más seguridad.

Por fortuna, estábamos cerca de una clínica donde un amigo mío llevaba el turno de noche. Cuando, entre jaloneos y gritos incoherentes de ella, intentó examinarla, él le puso una inyección, la cual casi de súbito la fue relajando y la transformó en una muñeca de trapo o de aserrín; ya quieta, miraba a su alrededor como si estuviera en otro sitio del mundo: los ojos grandes y un poco desorbitados. "No tienes más remedio que llevarla a una clínica u hospital psiquiátrico" —dijo mi amigo—; "allá la devolverán a la realidad en unos días. Mi diagnóstico es que ella es una *borderline* y esta vez cayó del otro lado de la línea. Donde la lleves la regresarán acá, donde estamos tú y yo, ¿me entiendes?". Me hablaba como si yo fuera el *borderline* o el hijo de la loca. De cualquier manera, le respondí que sí; me sugirió una clínica chica y discreta donde la podrían atender. Cuando salíamos, mi amigo me gritó que debía estar medicada de forma permanente y severa.

Allí estaban ambas, entre la bruma del cuarto; mi ex mujer dejó de hablar en trabalenguas, descubrí que sus ojos se habían puesto idénticos a los de mi madre y me acusó de ser el responsable de sus internamientos psiquiátricos. A su vez, mi madre habló por primera vez y me responsabilizó de sus desgracias cotidianas; de todo lo que le hizo mi padre, de haber

sido huérfana y de que el demonio la hubiera violado brutalmente a pesar de las demasiadas imágenes religiosas que la rodeaban. Que yo había vuelto maldito su cuarto. Que la maldije desde el futuro, desde antes de que conociera a mi padre y
que me pariera; que lo vio en mis ojos al nacer yo, además sin
haber chillado; que la miraba como diciéndole "maldita". Pero
en su discurso olvidó la multitud de veces que me había violado en mi adolescencia y que me mandó a realizar trabajos duros
desde los diez años, como en el prostíbulo donde les llevaba
trozos de un rollo de papel de baño a las putas cuando terminaban su trabajo tras una cortinita, en tanto el hombre en turno se apretaba el cinturón y bajaba al bar.

De pronto, ambas se levantaron con unas pistolas escuadra 45 en las manos; quien había estado fuera de la puerta
me pasó de inmediato un rifle recortado de alta potencia y no
dudé en dispararle dos veces a mi ex, quien se estrelló volando
contra el muro. Recibí un disparo en el hombro izquierdo proveniente del arma de mi supuesta progenitora, caí hacia la esquina del cuarto y desde ahí empecé a disparar. Fue difícil aniquilarla, pues ella tenía que morir por segunda vez. Hasta que
no la vi hecha trozos contra el muro, como pintura abstracta, no
pude respirar con normalidad.

Salí de la habitación y me di cuenta de que quien me
había pasado el rifle era Jimy, un amigo de la infancia, quien
murió de rabia debido a la mordedura de un perro que perseguimos por horas. Por decirlo así, él murió por mí, pues también
yo hubiera podido recibir el ataque del canino y morir por él.
De los muchachos de la cuadra, él y yo éramos los mejores
amigos. A su muerte, murió también un club que habíamos
construido en un árbol frondoso. Cuando levanté mis ojos para
mirar en nuestro entorno, me di cuenta de que sí, de que nos
encontrábamos dentro de un cuadro de Brueghel. Una señora,
con gorro y delantal flamencos, se acercó a mí para curarme, en
el piso, el hombro izquierdo; me echó aguardiente para extraer
la bala con un estilete. El dolor fue tremendo, me temblaba el
cuerpo, pero al fin la bala salió. La señora volvió a echarme aguardiente en la herida y me pasó la botella para que le diera un par

de tragos. Mientras levantaba la cabeza para beber de aquel licor descubrí, sobre el hombro de la señora, el rostro de una dama joven, de ojos azulencos, que me miraban con el mismo ardor de la herida. Pensé que nunca saldría de este cuadro, aunque se lo vendieran al coleccionista más deshonesto del mundo.

El árbol de la no sobrevivencia

La falta de dinero y amor crea soledad, en soledad y sin amor ni dinero se atrae la falta de lealtad, ésta lleva a la realización de procacidades, desventuras, salvajadas, excesos, y el conjunto de ello imanta en extremo desolación y tormento. No muy lejos, en una comba del paisaje, se encuentra un árbol; le llaman el árbol de la no sobrevivencia. Hacia allá se dirige el que ha sido imantado todavía por más desolación y tormento. Lanza la cuerda hacia la rama más fuerte, hace con ambos cabos un nudo que aprendió en la marina del terruño.

Acerca la silla que, en rigor, es ya propiedad del árbol y nadie de la comarca recuerda quién fue el que la dejó allí la primera vez, o tal vez los familiares, al descolgarlo, olvidaron la silla, o de plano no quisieron llevársela debido tal vez al mal agüero. El caso es que la silla ha sido muy útil pues ha prestado servicios inconmensurables a atacados por la desolación y el tormento de los extremos, más la tristeza misma amontonada en sus torsos; el conjunto copioso de ello recae en la persona que sube a la silla por sí misma y diríase que con una iluminación pasmosa. Se coloca la cuerda en el cuello y patea la silla, la cual cae al suelo donde el pasto se ha deshecho.

No vale hablar de las contorsiones de la persona que mueve las piernas como si caminara en el aire por última vez, de cómo se le expande retorcida la lengua ni de cómo se le expatrían los ojos y la manera implacable de morderse los labios, pedazos de los cuales suelen caer sobre la tierra sin pasto. Es mejor no hablar de esto; cualquiera podemos imaginarlo.

Desde luego que merecemos decirle que descanse en paz después de tremendo baturrutaque de autoinmolación, de autohecatombe. Ya vendrá la municipalidad a descolgarlo tres o cuatro días más tarde, pues deja el cadáver balanceándose con los aires de esta región para escarmiento estricto para los demás, pero desde que este terruño se llama municipalidad son demasiado pocos los que escarmientan. Hará como unos once años que también las mujeres han venido a estrangularse.

La fiebre de Norma

Hay muchas cosas malas dentro de su cabeza, dijo
la doctora… Y dicen que fue tan bella que se volvió
loca… Con sólo verla, es rara en La Castañeda…
                                LA CASTAÑEDA (grupo de rock)

Sólo miró aquella casa desvaída y a la anciana de suéter gris medio encubierta tras la cortina negra, al regreso de sus labores en el almacén y, casi sin darse cuenta, la envolvió aquella amargura. Pasaron días y semanas y a Edelmira se le pobló la mente de nubes pardas a las que ella empezó a nombrar tinieblas, palabra tal vez escondida cuando, de adolescente, leía algún folleto que las catequistas regalaban a la salida de la iglesia de su rumbo.

De aquel vestir más o menos cuidado se había recorrido, casi sin darse cuenta, hacia una figura desvaída, como si fuera la esposa del carnicero y no la hija del abogado. Se pintaba una línea muy negra en las cejas y también con un bilé negro se dibujaba los labios en su cara bella, casi traslúcida.

No faltaron las vecinas, desde sus cuevas, que se burlaran de ella con frases entre dientes, como "Edel ya no mira" o "Edel dejó de ser mirra"; al final de malabarear palabras y dichos, se le quedó el apelativo de "Edelmirra" por el rumbo. Una tarde, al regresar del almacén, sin todavía atardecer, se la vio envuelta entre sombras como si caminara, levitando, sobre un abismo apenas sostenida por un puente enjuto tejido de tedio.

Tenía un pretendiente quien, al notar en Edelmirra sentimientos abatidos y tachonados de negrura tras sus ojos amarillos, cuando antes sólo veía castores y garzas espabilados, se fue distanciando antes de que los pesares de ella lo infectaran. El hombre se despidió, diciéndole "Adiós, Edelmira" y ella le dijo "Ese no es mi nombre: me llamo Norma".

Cuando ella se dio cuenta de que su cuerpo y su alma eran una impetuosa negrura, pensó en hablar con su padre para saber su opinión sobre internarse en La Castañeda, pero no tuvo la oportunidad de verlo porque el hombre iba de los juzgados a los presidios; luego a su oficina y, ya en la noche, de allí a un bar nocturno donde visitaba a una puta con la cual se quería casar, pero ella nunca aceptó sin importarle los regalos espléndidos del abogado.

Era casi seguro de que Edelmirra o Norma no estuviera loca, ya que discernía el mundo como siempre, su entorno lo veía con claridad, trabajaba con dedicación, pero casi se decía que si no hubiera visto hacia la casa desvaída ni a la anciana del suéter gris, quien la miró tras las cortinas de la ventana del piso superior, ella hubiera seguido siendo la Edelmira de siempre y no esta Norma y a lo mejor ya estuviera preparando su casamiento.

Ahora se encontraba en la disyuntiva de optar ella misma ir a La Castañeda, un puñal o medio litro de veneno para ratas que nunca habían usado, ya que las ratas se fueron dos días después de que ella fuera invadida por la amargura primera.

Eligió el puñal que el licenciado había traído de un viaje a España, copia del que usó El Cid, y cuyo filo era virgen. Ya con el estilete en la mano, Norma o Edelmirra se hizo de súbito una rajadura horizontal en el estómago como había visto en un documental japonés: el interior de su vientre se desbordó hacia el suelo en formas sin forma, entre líquidos blancuzcos y rojos. Ella observó aquel desparramamiento de sus vísceras como si sólo viera las de los guajolotes que ella había dispuesto para cenas de fin de año con su padre y otras familias de abogados. Ningún dolor acudió a lo que había sido su vientre.

De inmediato se practicó varias rajaduras hondas en las muñecas y en partes superiores de los brazos. Cuando empezó a apuñalarse con vigor la zona del corazón recordó a las catequistas a la salida de la iglesia de su rumbo y esbozó una leve sonrisa.

Casa de cuatro

En aquella casa azulmente putrefacta, según rumoran los del pueblo, habita la locura. La ocupan cuatro personas, si se las puede llamar así, que tentalean el fango de sus almas. Son dos parejas de edad difusa, ya que han visto asomarse a una mujer rubia de cabellos híbridos y a una pelirroja que lleva muy largas trenzas, las cuales se enredan con las hiedras espinosas del muro. Los dos hombres, de aspecto leproso, son gemelos, o hermanos, muy semejantes en sus facciones, la piel manchada. Una criada, de físico rocoso, llega dos veces por semana y sale, con pasos tiesos, a la medianoche. Una criada cavernaria, cuyas pisadas resuenan en cada habitación del pueblo para recordarnos a aquellos crápulas y a sus mujeres derruidas, de crepúsculo de moscas revoloteantes.

Aunque la criada es un espantajo de silencio, su hija, otro ser pedregoso, con sonrisa obtusa, como ángel devastado, suele platicar lo que su madre balbucea entre sueños. Hay un invierno dentro de esa casa; en cada habitación hay un crepúsculo; la vida de los cuatro, si puede llamársela así, se derruye segundo a segundo. Están podridos del corazón y sus almas son ya de mármol cobrizo. Por las tardes, los cuatro andan desnudos, prenden cirios en una habitación enorme con dos camas grandes de madera ya repugnante, colchas y sábanas negras.

No importa quién se acueste con quién: la rubia con el de pelo castaño o la pelirroja con el de cabello oscuro, o a la inversa, o en pirámide. A ellas no les interesa la lepra; al contrario: se alimentan de putrefacción. A ellos les encanta que los cuerpos de ambas se corrompan, pestíferas, enredadas como fieras azules. Ellos prenden inciensos corruptores de gruesas varas y, en ocasiones, dejan puntos ígneos en el cuerpo de las mujeres, en especial en las nalgas y en las tetas caídas. Los cuatro ríen con sonrisas manchadas, agusanadas, murciélagas. El colmo, si hay un colmo en esa casa: ellos, los que parecen hermanos, también dan espectáculo de los cuerpos enredados como serpientes.

Ya sean ellas o ellos, a veces se cuelgan casi hasta la asfixia y, a punto del ahogo, bajan sonrientes. Tienen los cuerpos plagados de heridas derivadas de quemaduras, cortes de navajas, hundimiento de flechas. De disparos de pistolas y rifles. La última vez que estuve, decía la sirvienta en su dormitación, hablaron de colgarse con alambres de púas. En este momento sus cuerpos deben estar balanceándose en la habitación de las camas enormes. Después de medianoche, dijeron, llegará el ángel de la negrura a descolgarlos.

El señor Strogoff

...el hombre de la gabardina negra, con seguridad el señor Strogoff, de quien decía la gente del barrio que había resucitado después de que sus matarifes lo alcanzaron a acuchillar después de que el señor Strogoff hubiera seducido a la esposa de uno de ellos, quienes eran como gemelos, pues se parecían más entre sí que si el señor Strogoff se viera en el espejo y su imagen resultara un tanto distinta al hombre reflejado; entonces, decía la gente que los matarifes lo vieron boquear con las cerca de cincuenta cuchilladas que le encajaron por cualquier sitio del cuerpo y que la sangre le borboteaba en chisguetes por diversos sitios, en especial por la boca y la nariz; uno de los matarifes juraba, por la cruz de San Jacinto, que la sangre le emergía hasta por los ojos y que dejó de respirar sobre el charco de sangre rojo púrpura más grande que hubiera testimoniado en la historia de sus asesinatos, es más, que era posible que no le quedara gota de plasma en el cuerpo, el cual había quedado amarillento y con los ojos abiertos sin mirar hacia lado alguno, pero ninguno de los dos supusieron que el hombre de la gabardina negra, el señor Strogoff, volviera a aparecer, sano y salvo, como si nada más hubiera recibido pinchazos de alfileres de acupuntura, y una noche, ya en plena madrugada, ante el matarife cornudo, con un péndulo lo hipnotizó de súbito, dejándole la vista en funciones, mas paralizado de pies a cabeza, y delante de él volvió a seducir a la mujer pelirroja y disfrutó de ella hasta la alborada y la mujer misma degolló a su marido con un cuchillo largo, muy afilado, que le tendió el señor Strogoff, y de un tajo la testa se desprendió del cuerpo, lo cual provocó que la cabeza del matarife rebotara varias veces en el piso de duela, rodara hacia un lado y cayera por las escaleras, mientras la mujer hacía un atado con sus cosas para escabullirse con el hombre de la gabardina negra, el señor Strogoff, y ahora ella es no sólo su amante, sino que también trabaja con él en el extraño laboratorio que mantiene desde hace décadas; y entonces, la gente del barrio hizo correr la voz de la reaparición del hombre de la gabardina negra, noticia nefasta que llegó a oídos del otro matarife, quien juró vengar a su amigo y que volvería a matar al señor Strogoff, aunque su vida se le fuera en ello, y que repetiría el acto cuantas veces resucitara el hombre, pues era evidente que el señor Strogoff tenía morbosos vínculos con poderíos impenetrables que lo resucitaban cada vez que fallecía, o que su naturaleza era la de la sobrevivencia *ad libitum* con menjurjes y enjuagues que preparaba en su laboratorio, donde nunca dejó entrar a ninguno de los matarifes, pero todo esto lo decía el matarife ante la gente del barrio con una voz que, muy en el fondo, le temblaba un tanto, no se sabía si por enojo o por temores, pues el matarife había escuchado ese mismo día que el hombre de la gabardina negra, el señor Strogoff, llevaba habitando el barrio desde los abuelos de los abuelos, o quizás fueran una serie de señores Strogoff, y esto recordó al matarife haber visto desplazarse una sombra entre las sombras detrás de él y, entonces, fue atrapado, de súbito y sin explicación, por el horror más potente que el matarife hubiera sentido y, entonces, le vino a la mente ahuyentarlo con fuego y empezó a amontonar ante la entrada de la casa, sillas, la mesa, sillones, una cómoda, el colchón de su cama y lo que fue encontrando de carácter inflamable, además de periódicos acomodados de forma estratégica y, cuando escuchó los pasos, tan conocidos por él, tras la puerta y que ésta empezaba a ser forzada, sacó su viejo encendedor de gasolina, lo prendió y le echó fuego al amontonadero de cosas que protegían la entrada; escuchó todavía cómo el hombre de la gabardina negra intentaba forzar la cerradura pero, cuando el incendio empezó a cobrar su mayor fuerza, el matarife logró la calma y escuchó que los pasos, fuera de la puerta, se alejaban y que las llamas se habían extendido hacia la sala, las cortinas y hasta al reloj de péndulo, ese mueble alto que había heredado de su madre, pero en ese instante, cuando ya no podía verse la hora en la carátula del reloj debido al demasiado humo, el matarife se dio cuenta de que no tenía ningún camino para escapar del incendio; después de cavilar un rato, se lanzó hacia la zona donde el fuego cobraba su mayor potencia, es decir hacia la entrada de la casa con el afán de romper de un golpe de hombro la puerta y la puerta se mantuvo firme, mientras las llamas subían al cuerpo del matarife, éste se desplomó y, arrastrándose, se acercó hacia su recámara para allí esconderse en el baño; acostado en el suelo ante la puerta de la habitación, se apagó las llamas y quiso rodar hacia su cama, pero la gente del barrio lo encontró entre las cosas carbonizadas, junto a la puerta de entrada, calcinado, extendiendo los brazos, como si alguien lo hubiera arrastrado de los zapatos que también habían desaparecido entre las flamas, luego de que los bomberos habían podido someter el incendio, el cual se había extendido hacia las casas vecinas; algunas personas del barrio aducen que, a un costado del puesto de periódicos de la esquina, estuvo el hombre de la gabardina negra, el señor Strogoff, acompañado de una mujer pelirroja y que, de súbito, desaparecieron...

AK-47

Nada más porque sí, por costumbre, pues, un sicario de Cuernavaca disparó su AK-47 contra su imagen en el espejo. Empapado en sangre, un ojo colgando, parte de los sesos escurridos, los dientes truncados, no se dio cuenta de que quien ametrallaba era su imagen.

Si no te hubieras ido

Te extraño más que nunca
y no sé qué hacer…
la gente pasa y pasa
siempre tan igual…
del BUKI por MANÁ

Eres maga o qué, por qué te has desaparecido así como moneda que yo hubiera lanzado al aire y en la altura se hubiera disuelto. Tengo días pensando en ti, te lo juro, he tenido viajes, trabajo mal pagado y sólo escucho una canción. Te extraño más que nunca y no sé qué hacer; el montoncito negro que dejaron tus medias fuera del clóset sigue allí. Por la noche lo veo caminar hasta la cama, sube a las cobijas y me camina hasta la cara, siento que me va a clavar los colmillos y regresa a su lugar. Tu falda verde subido, la de la abertura en tu pierna izquierda, continúa colgada en el baño, lo mismo que tu blusa verde bajado, pero ambas están en el mismo lugar y casi hablan quedo, muy quedo, con palabras vegetales. Despierto y te recuerdo al amanecer: me espera otro día por vivir sin ti.

Salgo a la calle hacia la estación del metro y la gente pasa y pasa siempre tan igual, sus caras grises, sus bolsos y portafolios negros; el cielo es plomizo a diario, no llueve pero nunca termina de salir el sol. Elijo subirme en un microbús pero, antes de llegar a la esquina de los microbuses, un grupo de cebras se pasa el alto; no veo a ningún policía para que las infraccione ni a ningún cazador del África para que les lance una red de plomo como las nubes que ahorita se expanden como trampa.

Me doy cuenta de que estoy detenido ante la tienda delgada donde venden anteojos, volteo y distingo que el espejo no engaña: me veo tan diferente; por el mismo espejo distingo que sobre Cuauhtémoc transita un tren de acero ceniciento y giro para verlo de frente: trae escrito en la trompa curva "Destination" en letras rojas y una sombra ultranegra en cada grafía. ¿Por qué en inglés, mi vida, por qué sin hierros donde las ruedas se puedan deslizar y no lancen ese humo refulgente entre chispas de estrellas, si es una locomotora tan vieja, tan con su escalera a un costado, tan con su lámpara circular en el centro de la trompa, lanzando un haz de tonalidades verdosas como tu falda y tu blusa? ¿Quiere decir que me haces falta tú? ¿El ritmo de la vida me parece mal; era tan diferente cuando estabas tú? Sí que era diferente cuando estabas tú; para qué me hago estas preguntas tan llenas de volutas de humo del tabaco que voy fumando, cigarro extralargo. A la cuadra siguiente veo que la "Destination" se lleva entre las patas a cuatro o cinco carros y un par de camionetas, una de las cuales es de presos que llevaban al Centro de Readaptación Social para hombres, es decir, el tipo de cárceles más tremendas de México a diferencia de las de Estambul, las cuales son retetremendas. Ahora que digo esto y un cocodrilo de plata me ensucia los zapatos beige con su limo metálico, no hay nada más difícil que vivir sin ti, ¡no! Allí están los zopilotes girando en tiovivo celeste: ¿Van por los muertos que dejó la locomotora o vienen por mis tripas y mis sueños y mi deseo por ti? Tanto he hablado contigo y conmigo, es decir con nadie, que siento arena sombría en los párpados y eso que traigo mis lentes rojos, un poco para darle un toque de gusto hipócrita a mi cara, sufriendo en la espera de verte llegar. Por lo menos no le hablo a los postes ni a los autos ni a las mujeres feas; bueno no es que estén feas, la mayoría sí, pero las otras sin ser feas me son feas porque el frío de mi cuerpo pregunta por ti y eso que siento calor a pesar de ese maldito cielo nublado y la ausencia de policías y la presencia de cebras y el tren y los zopilotes y el cocodrilo y las feas.

Me llegan flashazos de tu estatura, con botas eras más alta que yo y me gustaba el asunto. Fuiste puras sorpresas, al bajarte las faldas y hacerse un rugoso charco gris y violeta, tu cadera y tu culo, para lo que me había imaginado, eran más grandes; eras toda desproporción ante mis pigmeas imaginaciones solitarias y tus piernas gruesas hasta los tobillos y uno de tus dedos del pie derecho con anillo de plata y, regresando, tus senos más que generosos (siempre me miraban); entonces, supuse que eras hechicera: vestida = delgada; desvestida = buenérrima. Y tus ojos entre cafés y verdes y tu cuello largo y tu cabellera arreglada desarreglada; no no no, en cualquier momento tu figura me cambiaba el imaginario. La vez que te arreglaste con ese sombrero de los años treintas y yo estaba en pijama, casi nos morimos: yo de vergüenza y tú de coraje; ah y te pusiste un abrigo ligero de época, a lo Louise Brooks, la que traigo tatuada. Sacaste una pistola escuadra 38 por cada ojo y quedé todo agujereado antes de irme a bañar. Mientras me caía el agua tibia (se nos había acabado el gas) pensé en tu piel blanquísima como la de las mujeres del Este europeo; lástima que tuvieras las mismas veleidades de ellas.

Estoy aquí detenido, a unos metros de la esquina, tengo que ir a dar una clase de literatura y voy a llegar tarde o a lo mejor no llego, pero sin metálico la cosa va a ser peor porque no te dije que tus zapatos rojos, los de tacón alto, se quedaron al pie del sofá negro, junto a la mesa de madera de patas redondas donde aviento los siete dados para jugar el juego que inventé y del cual nunca pueden salir dos pókares, y tus zapatos como aves rojizas, muy pizpiretos, muy de pie y toda la cosa, pero al fin como zapatos de tacón rojos que te estuvieran esperando de un momento a otro, como si dijeran entre ellos ahorita, ya mero, en este instante va entrar descalza y va a venir directa hacia nosotros y sentiremos entrar primero sus dedos blancos y frescos que traen un anillo plateado, luego su planta brisa y después sentiremos cómo los talones entre rojizos y muy blancos intentan meterse en nosotros hasta que al fin nos habitan y empezamos a caminar sin ningún sentido, como inspeccionando el departamento para ver qué hubo en estos días en que los pies no estuvieron; y no sé dónde estás. La gente pasa y pasa siempre tan igual; el ritmo de la vida me parece mal. Me encamino hacia la esquina sin importarme que una manada de jabalíes pasen entre mis piernas y casi me lancen al suelo, pero unos dos metros adelante arrojan al piso y revuelcan a la viejita, la que siempre anda de negro, la que vive en el piso de abajo a la derecha, subiendo las escaleras, la revuelcan, la cuernan, le hacen tiras el vestido y enseña esas horribles medias cafés con leche oscuras y esas elásticas ligas gruesas que las detienen arriba de sus rodillas y esos calzones blancos —ahora medio grises por la revolcada— como de algodón abombados y una como faja color carne que debe ser ortopédica porque la viejita es demasiado flaca.

Unos tres pasos y estoy ya frente a ella, la tomo por las axilas, la pongo en pie, la miro de frente, gracias, señor, me dice, pero tiene una cara de satisfacción como si de pronto la hubieran violado los borrachos que se juntan en la otra esquina; dónde están esos muchachos, me pregunta, y me doy cuenta de que le hacen falta sus lentes y que están allí, a dos pasos, los recojo, ah, dice, es usted, señor Guillóm, gracias, gracias, agrega, se da la vuelta y va de regreso al edificio, creo que ya no iré a la iglesia, por hoy ha sido ya una gran aventura, termina por decir como para ella misma; al reiniciar mi camino veo tiradas y hechas trizas a otras viejitas y pienso que es mejor que disfruten en el suelo y que la iglesia se vacíe por el día de hoy y que el párroco se quede con las ganas de darles las hostias blancas que siempre les mete en la boca y que ellas chupan con deleite celestial; si no te hubieras ido, sería tan feliz.

Era tan diferente cuando estabas tú, la avenida incluso tenía otra cara, llena de amapolas, de tigres que saltaban desde los techos de las tiendas y las jirafas jugando a enredar sus cuellos como si fueran acertijos, las ranas y los camaleones rojos metiéndose en las bolsas del mandado de las señoras jóvenes y tú y yo riéndonos, sabiendo el susto que se iban a llevar cuando intentaran sacar los jitomates, las cebollas y las otras cosas que habrían adquirido en el mercado, como filetes de pescado o de res, ajos, naranjas y limones y en medio un camaleón o una rana que se les subiría a la espalda y luego los gritos de sorpresa por aquí, por allá, por acullá y por el Aconcáhuac. Y ahora me vienen a la memoria tus otros zapatos de tacón, los que te ponías para las fiestas en jardines o junto a las albercas, esos confeccionados con trozos de piel amarilla, café claro, naranja, rojo, sepia, negra, azul pálido, café oscuro, elegantes ellos, ya que los trozos de piel están medio granulados, pero esos no los veo por ningún lado, me vinieron ahorita a la cabeza, sí que era diferente cuando estabas tú; no hay nada más difícil que vivir sin ti, ¡no! Y el día se oscurece, surge una parvada de halcones sobre el edificio y, junto a ellos, mantarrayas celestes y murciélagos negros y albinos, me punzan el corazón y los riñones y me duelen los pies y el duodeno y la aorta, amor, dónde estarás, manda un símbolo, verde o amarillo o rojo, que vea un cardenal entre tanto avechucho tenebroso, el hígado y el cerebelo, el pulmón izquierdo y el brazo derecho, sufriendo en la espera de verte llegar, el duodeno y las meninges, recordando que tampoco he visto la maleta de cuero miel con esquinas metálicas, la que era mía, y que cuando te di la clave de la cerradura sentí un escalofrío, los cartílagos y el diafragma, el frío de mi cuerpo pregunta por ti y no sé dónde estás, cucarachas por la banqueta y escarabajos negros revoloteando, la dermis y la bóveda craneal, zopilotes y águilas que por su fabulosa cantidad tapan las nubes grises, la maleta de cuero miel, hormigas rojas del Amazonas, la clave de la cerradura, ratas embarazadas, no hay nada más difícil que vivir sin ti, las esquinas metálicas, bronquios, cuero rojo, diafragma, puercoespines, la mascada de la India, sufriendo en la espera de verte llegar y no sé dónde estás, el juego de ropa interior amarillito, elefantes negros, ballenas con alas que destrozan las casas, la clave, si no te hubieras ido sería tan feliz, maxilares, páncreas, panteras que saltan hacia la gente, el corazón que se me detiene, si no te hubieras ido, el corazón, los perros callejeros me olisquean, me caigo como tabla, hormigas negras entran por mi nariz, corazón, el canto de la sirena de una ambu…

el vacio y tal vez yo

desde hace un instante me siento vacio, pero aun pienso en el vacio, por ello casi estoy vacio, pero el pensamiento
sobre el vacio se esta vaciando, se escurre hacia la nada, hasta
que... esta en su totalidad vacio; habla el vacio: ya no se siente,
esta en mi cima invertida, no recuerda ya que ayer estaba tatua-
do de mundo y de universos, de lo micro invisible a lo macro
envolvente, como el hombre ilustrado de bradbury (odio las
mayusculas y los acentos: hacen mucho ruido; son algo y cualquier algo pertenece a la supuesta totalidad; pero la gente no
sabe que estoy a espaldas de su totalidad y que hoy es una fortuna que pueda hablar, ya que fui convocada por un escritor),
y mi sustancia, es decir mi-no-sustancia es el vacio, mi nombre,
apenas tengo eso, nombre, pero es un nombre sin nombre, pues
no hay nada en mi entorno infinito y mi ser intimo me llama
al intenso silencio, me estoy apagando, los significados dejan
de ser, tengo pocas letras, unas cuantas, se disuelven, tan pocas
que ya pierdo el sentido, es perfecto, lo prefiero, me es desinte-
grnes y sn sntid cmo

Índice

Esta obra se terminó de imprimir en Febrero de 2013
en los talleres de Programas Educativos S.A. de C.V.
Calz. de Chabacano No. 65-A, Col. Asturias,
C.P. 06850, México, D.F.